中国少数民族
文学之星丛书

回乡之旅

钟二毛 著

作家出版社

编委会名单

主　任：阎晶明　　邱华栋

副主任：彭学明（土家族）

编　委：

包明德（蒙古族）　叶　梅（土家族）　孟繁华　包宏烈

尹汉胤（满族）　　刘立云　宁　肯　张　柠　刘大先

黄德海　陈　涛　杨玉梅（侗族）　　郑　函（满族）

以民族的情意，打造文学的星辰

——"中国少数民族文学之星"丛书总序

邱华栋　彭学明

"中国少数民族文学之星"丛书是中国作家协会少数民族文学发展工程的一个新项目，于2018年开始实施，由中国作家协会创作联络部具体组织落实。出版"中国少数民族文学之星"丛书的目的，是重点培养少数民族文学中青年作家，打造少数民族文学精品，为那些已经在少数民族文学界和全国文学界成绩斐然、广有影响的少数民族中青年作家再助一力，再送一程，从而把少数民族文学最优秀的中青年作家集结在一起，以最整齐的队伍、最有力的步伐、最亮丽的身影，走向文学的新高地，迈向文学的高峰，让少数民族文学的星空星光灿烂，少数民族文学的长河奔流不息。以文学的初心，繁荣民族的事业；以民族的情意，打造文学的星辰。

入选"中国少数民族文学之星"丛书的作家，必须是年龄在50岁以下的、在少数民族文学界和全国文学界广有影响的少数民族作家。不管是否出版过文学书籍，只要其作品经过本人申请申报、各团体会员单位推荐报送、专家评审论证和中国作协书记处审批而入选的，中国作协将在出版前为其召开改稿会，请专家为其作品望闻问切，以修改作品存在的不足，减少作品出版后无法弥补的遗憾。待其作品修改好后，由中国作协统一安排出版，并进行广泛的宣传推广。

中国是一个多民族的大家庭。每一个民族都沐浴着党的民族政策的光辉、感受着党的民族政策的温暖，都在党的民族政策关怀下，蓬勃发展，欣欣向荣。在这个伟大的新时代，我们正创造着中华民族的新辉煌。每一个民族的发展与巨变，每一个民族的气象与品质，都给我们提供了生生不息的创作源泉。我们每一个民族作家，都应该以一种民族自豪感，去拥抱我们的民族；以一种民族责任感，为我们的民族奉献。用崇高的文学理想，去书写民族的幸福与荣光、讴歌民族的伟大与高尚；以文学的民族情怀，去观照民族的人心与人生、传递民族的精神与力量。

我们期待每一位少数民族作家，都能够到火热的生活中去，到广大的人民中去，立心，扎根，有为，为初心千回百转，为文学千锤百炼，写出拿得出、立得住、走得远、留得下的文学精品。不负时代。不负民族。不负使命。

2019 年 5 月 18 日

目录

月 拢 沙

——钟二毛中短篇小说集《回乡之旅》序

叶 梅

钟二毛写小说，小说人物和故事几乎都来自一个叫月拢沙的地方。

这个好听的名字其实现实中并不存在，它只是童年钟二毛记忆中的情景：家门口有条河，河滩上有沙子，夏夜，会光着身子到河里洗澡，看月光照着河滩，极为纯洁、美丽。但月拢沙在生活中似乎又是存在的，读了钟二毛的小说，感觉到它就是曾经贫寒安静的乡村，也是当下荒芜动荡的田野，更是从那里奔向不同的城市，用各种方式谋求生存、寻找爱情，为种种无法倾诉的欲望而求索、而挣扎焦虑的人们无法释怀的家园。

地图上不存在的月拢沙，因此成为读者视野里中国南方的一个村庄。

钟二毛的小说，讲述了一个个月拢沙的故事，读者认识了书中的人物，也就认识了月拢沙，它们暗合了某一种同样的气质，甚至带着月光的气息，忧郁而又明亮，传递着时代的脉动和人性深处的奥秘。他的中短篇小说集《回乡之旅》于2019年入选"中国少数民族文学之星"丛书，其中收录了具有其创作代表性的《回家种田》《死鬼的微笑》《无法描述的欲望》《爱，在永别之后》等篇什。从他的小说中显而易见的是，月拢沙与城市之间的盘桓，月拢沙人因为城市化的进展而纷纷改变命运，城市又因为月拢沙人的混杂而不断改变底色。

钟二毛以他个人的经历和感悟，写月拢沙人，也写自己。

因为他就来自月拢沙。他出生长大于湖南一个偏远山区的瑶族家庭，十九岁考上北京的大学，从此离开故乡，再也很少回返。在他大学毕业后南下到深圳的工作经历里，他当过警察、记者等，少年时对文学的喜爱使他对文字驾轻就熟，也因为职业的关系与社会不同层面的生活有了比较深入的接触和了解。先是写诗，后来又写小说，他笔下的人物从乡村进入城市，继而扎根城市，但血脉仍然来自乡村，流动着的依旧是稻田、乡音和鞋上永远沾着泥土的亲人的气息。多年的生活积累使他出手不凡，虽然小说创作时间并不长，但其作品很快引起了较为广泛的关注。

曾经获得《民族文学》杂志年度奖的短篇小说《回家种田》是他早期小说创作的代表作，也是令他有了更多自信的作品。小说描写了一个最初并不情愿离开乡土而茫然进入城市的青年，心无归宿以至于："每晚的梦里都装满了大片大片的稻田。这个时候，稻田已经落败，未割尽的禾根，在雨水和冷风的侵蚀下，近乎朽掉，人一脚踩上去，它们化成泥水。""请你别笑我。我真的是想留在月拢沙，种田，种稻谷。……我一闭上眼睛，就会想象一片田野蔓延着水稻的图景。夏天，禾苗出穗，风过处，青叶点头，还是瘪着的谷粒逐渐有了重量，禾秆由嫩黄变成淡黄。稻穗的味，清香。"进入城市的主人公最终选择了步伐矫健地跑出城市，并且想就这样一直跑下去，跑回大瑶山，跑回月拢沙，告诉爷爷，告诉田野他回来啦。然而，回乡之后的命运仍然是不得不再一次远行。钟二毛的小说描写了许多这样进退两难的乡村人，他（她）们是为丈夫收尸的妻子、在城里开黑车的司机、带着孩子在工地上打工的父亲……在与种种难以预料的遭遇困境之中对抗或妥协，他们的性格或鲁莽或狡黠，有乡难回，结局不一，悲凉但仍带微笑。这样的故事，钟二毛自己形容为："蚂蚁的歌唱"，是在中国城镇化进程中一代特殊农民的声音，抑或因为弱小，往往被忽略不计，或者又因时光的流逝，而被渐渐淡忘。钟二毛的小说则以难舍的牵挂真切记录，使得情景再现，让读者再一次得以深刻地咀嚼回味乡村与城市的关系，人与世界的关系，以及人对命运的屈从或抗争，并反思在时代车轮滚滚向前的进程中容易被漠视冷落的人性的安放。

从中篇小说《无法描述的欲望》《爱，在永别之后》开始，钟二毛追随社会现实的变化，更为明显地关注到已经扎根大城市里的月拢沙人，如他自己一样。他们是当年从农村考上大学的农家子弟，毕业后求职成功，在大城市里安居乐业，有了房子、车子、孩子，他们的身份可能是公务员、电视台记者、高校老师或者商人，看上去已是体面光鲜的城市人，内心深处却潜藏着难以倾诉的欲望、沉沦和自我拯救，仍有着始终难以泯灭的理想与爱情。在刻画这些人物时，钟二毛的着力点并不仅在于如何讲好吸引人的故事，而更在于着力表现人性的纠结与煎熬，灵魂的叩问与撕裂，表现月拢沙人从最初进城到今天的成功或堕落，又如何在心灵歧途的泥泞之中进行艰苦的自我救赎。有评论家认为，钟二毛绘制的"浮世"让读者看见他颇具反叛的沉思。这种反思不是浮在表面的沉思，也不是道德说教意义上的沉思，而是借用小说的艺术寻找到了"浮世"与"沉思"之间的秘密通道。

钟二毛是一位愿以赤子之心进入生活的作家，他对现实生活抱有极大的热情，同时心怀责任，具有格外的敏感和自觉。在当代中国经历40年改革开放之后，他笔下的月拢沙人，也就是一部分乡村农民已经成为城市的主人，在这个多元转型时代形成了新的社会群体，并由此也带来了更多深层次的矛盾和复杂的社会形态。捕捉其中的奥秘，记录人间善恶，回答时代的课题，描绘我们这个时代的精神图谱，是文学的天职。钟二毛显然对此有过无数次颇费苦心的思考，在他的创作谈里，他曾谈到，每写一个短篇小说都要酝酿好久，一年、两年，甚至更久。开头结尾、结构节奏、气息，也都要琢磨很久，一直到似乎是心领神会，方才进入写作状态。

他对小说技艺的把握是灵巧、讲究的，他的短篇小说一般都不超过一万字，有的只有四五千字，他希望写出迷人的小说，希望小说自由、内向、机巧、有难度。在他看来，短篇小说不需要任何技巧，但又无处不是技巧。虚构的艺术，在短篇小说这个文体上表现得最为彻底。他的语言幽默生动，具有充盈的活力，他力图要写出生活中新的可能、新的发现，同时追求新的形式、新的手段。近年来，他在当作家的同时，又专业学习了电影导演，并将自己的一部小说改编成剧本、亲自导演成电影《死鬼的微笑》，获得第60届美国罗切斯特国际电影节"小成本电影奖"等奖项。他由此不断拓展，对文学的表现有了更多想象和发挥的空间。

他的《回乡之旅》是月拢沙的故事，也是当下中国城市和乡村耐人寻味的故事；了解月拢沙，就在了解今日中国。钟二毛用他多年的努力让我们细致地领略了曾经月光下朦胧的沙滩、无边的田野，以及那条载动着人的命运始终往前奔流不息的河。从乡村到城市，又由城市回首乡村，迁绕而行，放眼望去，曲折而又开阔，这是月拢沙人之路，抑或也是钟二毛将要继续跋涉的写作之路。一切都在行进中。

回家种田

说来可笑又可疑，我每晚的梦里都装满了大片大片的稻田。这个时候，稻田已经落败，未割尽的禾根，在雨水和冷风的侵蚀下，近乎朽掉，人一脚踩上去，它们化成泥水。

偶尔，偶尔有一个老人会出现在田野上。我们在田野里机械地问候着辈分：伯，爷，太。老人问我，你一个人跑到田埂上来吹北风，搞什么卵子哦？我说，没搞什么，没事出来看看。老人又说，看条卵，你应该到广东去看高楼大厦。

老人围着我兜了一圈，走开了。他从家里走到田野里来，似乎就是为了和我说一句话。

正月初四一过，就有人搭车走了，说是再不走，车子就难搭喽，车费就翻倍喽。去早了，还可以拿到老板的大红包。他们走的时候，义无反顾，一大清早天蒙蒙亮背起行李就走，哈着白气离开，走起路来十分有劲。好像这个家，这个他们一砖一瓦一肩一膊垒起来的家，是一个旅店，住一晚就走，包都不用打开。这个时候，我好想冲出去，拦在他们的面前，看看他们脸上的表情，到底是哭是笑，是冰冷是热乎，还是别的什么。

　　我尤其是想看看我的父母，他们就是腊月初四一早走的，大年二十九才回来。他们回来，没有给家里带来任何温暖。他们像是来开一个紧急会议，脚一进屋，就翻出各种东西，安排这样安排那样。父亲还向我要来本子和笔，把每天要干的事、见的人、还的账、交的钱一一列好，然后清早出门，晚上回来。大年三十晚上，他破天荒地打电话回来，说他在镇上，懒得回去了，今晚一家人到镇里的大酒店吃年夜饭，杀什么鸡宰什么鸭，今年搞点新鲜的。电话里，他十分兴奋，这么多年，我第一次感觉他有点衣锦还乡的味道。

　　极不情愿又充满好奇，一家人在冷风中走了五里地。一路上，炮仗声声，一刻也未断过，人像踩着嘣嘣声在走路。中间路过一片别村的田野。我绕进田埂上，独自走一条路。这片田野和我们月拢沙一样，死了。想找个禾根踩，都没有。

　　这么大片田野，没有一块种过东西，荒起。

　　整个田野，像一块陈旧的塑料薄膜，灰灰的，死了一般。

　　不是死了是什么？

　　母亲在喊我，快点走，要不你老子又要骂人喧阗了。

　　我赌气似的，隔着田野说，你们去，我不去了。

　　爷爷烟嗓子在嘶哑，你这个卵崽！

　　父亲看到我们来到，十分高兴。还是鸡鸭鱼，只不过酒店里是用盘子装的，家里用的是大海碗。服务员只有一个，也就是老板娘。老板娘还是个病人，看她右手扶着一个铁叉子，叉子上吊着一瓶药水，药水正一滴一滴地钻进她的左手。我怀疑一桌菜都是父亲自己端上来的，老板娘只负责喊一声"菜好了"。

在别人家里吃年夜饭，一切变得规规矩矩。父亲更像一个远道而来主持会议的人，大家都左右围着他坐开，母亲、我、爷爷、弟弟。

父亲说，大崽，过了年，你还不打算去广东打工？

我懒得回答。

父亲又说，哪个高中毕了业不都是去打工的？

母亲帮了一句，年轻人个个都在外面，你一个人在月拢沙干什么？那两块石板还没踩够？

那两块田有什么好种的？要田好种，大家早在家里种了。父亲接着来。

年轻人要出去见见世面。母亲跟着又接了一句。

我就是想种田。我说。

请你别笑我。我真的是想留在月拢沙，种田，种稻谷。

我也不知道为什么，我一闭上眼睛，就会想象一片田野蔓延着水稻的图景。夏天，禾苗出穗，风过处，青叶点头，还是瘪着的谷粒逐渐有了重量，禾秆由嫩黄变成淡黄。稻穗的味，清香。认真闻，没有，不经意鼻子一扫，又有了。

这个时候，一只绿背脊、白肚子的青蛙，在水田里跳跃，伸直的后腿，宣告它又消灭了一只害虫。

八月十五过后的二季稻秋收，惬意悠长。一年里的最后一季，不用像一季稻那样，被鬼赶似的，担心秧苗是否过老，担心旱情是否来到。早点去晚点去都没关系，一把细锯齿镰刀扫过去，五六坡禾苗倒下，握成一手，放在脚边，一起身，一块田被剃成了癞痢头。喝口水，再蹲下去，再起身，身后的禾堆，纵横有序，像正饶有耐心地下一盘陆战棋。

脱粒后，谷子运回家，搬上楼顶。秋阳下，谷子翻身，晒干。晒干的谷子，味道不再是稻穗那种隐隐约约的清香，而是一股沉甸甸的香，刚脆的香，太阳底下的香。

再回到田野，禾苗变成了禾草。禾草也干了，把它锁起来！扯四五根禾草，做绳子，一掐，一绕，一紧，一顿，好了。一个小圆锥就站在田野上了。半天工夫，一块田站满了禾草小垛子。它们这回下的不再是陆战棋，而是活生生的国际象棋。

我种过水稻。高中毕业后的夏天，我在爷爷的帮助下，跳过一季稻，插上二季稻。

是的，只有年过七十的爷爷帮助我。

整个村庄，只有两个人，一个是老人，一个是小孩。

我是唯一一个年轻人，十八岁。

我们是农民，为什么让田野荒废？

我问爷爷。

爷爷半天才回了我一句：你书读多了，读蠢了。

爷爷借来牛、犁。我们把田翻了起来。然后买谷种、肥料、农药。一村人跑到田埂上看热闹，说闲话。他们不是说我们的闲话，是说真正的乡间闲话，关于嫁娶，关于节气，关于巫术，关于鬼魂。

浸种子。

种子饱胀，坠于秧田。

秧田冒出秧苗。

秧苗成熟，插进另外一块田里变禾苗。

禾苗出穗。

穗成谷粒。

谷粒落下。

落下即一日三餐。

大年初七，我在爷爷的目送下，坐上大巴，去了广东深圳。

十八岁，出门。不是远行，是打工。

我进了一个名叫鹏程的电子厂，在宝安。这个电子厂做的产品到底是什么，我真的不晓得，大家下班了也不说这个。我每天的工作是把一个个小彩灯按进一个巴掌大的塑料盒子里。塑料盒子里有无数个小窟窿，花生米大小。我安插小彩灯的时候，想起了拱起屁股插秧的时候，于是动作麻利而准确。怀着这种美好心情，在密密麻麻的新手中，我成了老手，每天算下来就我工资最高。

主管有天站在我身后，按着我的肩膀说，不愧是正宗的高中毕业生，有文化，就是不一样。

可这种美好心情，只延续了三个月。

那些窟窿怎么也插不完。连睡觉的时候，右手的拇指和食指都是捏在一起的。

我担心两个手指永远这样，那以后怎么掌犁、割禾、锁草垛？

装病一个礼拜后，我结清工资，辞工了。

拿着三个月的工资，我住进鹏程厂附近的一家小宾馆里，打算另外找一个厂。

宾馆楼下每天张贴着很多招工启事，巴掌大的纸片一层一层地覆盖着，风一吹，呼啦啦地响。这些招工启事，全是各种电子厂的。想起那一个个窟窿，我心里一阵阵发麻。

我决定再也不进电子厂。

可这片全都是电子厂。

田野是一片一片的。想不到厂子也是一片一片的。

我当即离开了宾馆。我再也不想进工厂。不想坐下去看到密密麻麻的窟窿，站起来看到密密麻麻的人头。

我的第二份工作，是一家公司。在市中心，四十八层，光坐电梯就要坐一分多钟，豪华，真正的高楼大厦。空调像不要钱似的，冷得人起鸡皮疙瘩。大热天，每个人都穿着西装，一个个像病了的黑熊，说话走路，张口抬眉，彬彬有礼，一个模子。

这回，我知道了公司的产品是什么，他娘的，还是电子产品。

只不过，这个电子产品已经成型，有着精美的包装，还有大部分不认识的英文单词。因为看不到窟窿，同事加老板也就不到二十个，所以我留在了这家电子元件贸易公司。

我的职位是跟单员。考核制度规定我每天电话回访六十个客户。

所以，我每天上班第一件事是打电话，最后一件事还是打电话，"喂"字轻轻的，拖着音，然后"嗯"升高音量，最后"您好"。

那些被称为客户的人，永远没有好脾气，不是说你发货慢了，就是说款子到慢了。他们在电话里劈头盖脸地骂人，我要不停地说，好，好，好，对不起，对不起，对不起，谢谢，谢谢，谢谢。

一开始，我很不习惯。一说到好、对不起、谢谢时，我的脚就不由自主地点地，然后抬屁股。我是想站起来，当着对方的声音，点头，变化着表情，说好、对不起、谢谢。

两个月后，我就受不了了。不知道是不是天气过早炎热的缘故，从来没见过面的客户，几乎没有哪一个不是吃了炸药似的，一开口只有两种语气，一种是命令语气，一种是反问语气。

那天下午，我打了最后一个电话。对方是个女的，在我没有报出我的身份前，声音很好听，说出的话，像是嘴里含着一块花生软糖。我甚至感觉她是在发烧中接的电话。

我说，喂，嗯，您好。

她打断说，您好哦，帅哥，您是哪位？

我报了公司的名字。

她说，货物现在都没收到，你们这哪是深圳速度，比老牛犁田还慢，你们不如回家种田吧。滚蛋！农民！

大城市里，居然有人和我提到犁田、种田，好不稀奇！

我再次拨通了这个女人的电话。

我说，喂，您好，再见。

这一个您好再见的结果是，我被炒了鱿鱼。

老板把我叫进他的办公室。这是我第一次见到老板。他说话轻得你以为他在和蚊子说话，必须竖起耳朵听。

你一个"再见"，把公司几百万的单搞再见了，这个客户真的和我们再见了，根据规定，你当月工资也要和你再见了。

我说，你应该查查公司的办事效率，客户对公司有意见，不是对我有意见。接下来，还会有更多的单飞掉。

老板愣了一下，挥手让我出去。

我再要进去理论时，他的助手告诉我，老板答应不扣你工资，但用产品抵。

我被保安强行塞给一个纸箱子，里面装着二十四套迷你小音箱。

我又回到宝安鹏程厂附近的那家宾馆。原因是价格便宜，楼下卖的快餐也便宜。

五个月的工资足够可以让我歇口气。

躺在床上，我又想起月拢沙里那些大片大片的田野。想起去年夏天，我和爷爷在一村老人、孩子的包围下，在泥土上留下脚印、对话和汗水。那些谷物被丢进机器里，瞬间出来白花花的大米。在昏暗的打米厂里，大米，是唯一一发光的东西。

我想念去年的夏天，七月、八月。

但我又感觉自己似乎再也回不去月拢沙了。

我有什么理由回去呢。村庄里只容纳两种人：老人，孩子。

年轻人都被钉死在城市里面了。

百无聊赖中，我想去香港。

去香港，就是给我找一个理由，回去月拢沙的理由。

父母不是说，年轻人要出去见世面吗？我年纪轻轻，十八岁，在四十八层的高楼大厦上过班，红火白汗天，穿过西装，再加上去过香港，这还不算见过世面吗？

香港可是正宗的资本主义社会，正宗的花花世界，去香港，这才叫见世面、开眼界。

这是我给自己的理由，绝对成立。

我还想看看香港有没有大片大片的稻田。

我飞快向宾馆老板打听了情况。老板也是湖南人，他晓得怎么办理去香港的手续。令人遗憾、令我得意的是，他也没去过香港。

按照外地户口办理香港通行证的方法，我联系上了高中同桌。他家就是县公安局的，而且去过我家玩。同学去我家拿了户口本，我把身份证寄给了他。他找关系，很快就把通行证办下来了。

一本蓝皮的小本子从县城快递过来，带着我这位同学的艳羡。他在本子里夹了一句话：

看到谢霆锋，帮我签个名。

起了个大早，向香港出发，向资本主义出发，向花花世界出发。

根据早已问清楚的方式，坐车到了罗湖口岸，排队，过关，很快就看到香港的警察。香港的警察一点也不凶，和气一团。他们的脸很白净，让我想起外贸公司那栋楼里进出的人们，彬彬有礼，一个模子。

换了五百港币，花花绿绿的，蛮好看。

我买了到终点站红磡的火车票，因为所有明星搞演唱会都是在红磡体育馆。要看谢霆锋，没准在红磡可以碰碰运气。

火车永远是火车。去香港的火车，没什么不一样，看起来一节一节的，听起来轰隆轰隆的。我下了电梯看到火车门刚打开，丁零零的声音一阵急响。很多人在排队，我就近跟着一个队伍进去了。座位居然是沙发，很舒服。

火车往前开，两边是矮矮的树林子，看不出香港花花世界花在哪里。接着看到建在山上的房子，很高很瘦，我都担心它们被风一吹倒下来。

人越来越多，除了欧美人、黑人一眼分得清，其他人都分不清谁是内地人，谁是香港人，谁是中国人，谁不是中国人。有一男一女看上去很像中国人，可听他们一说话才知道是日本人，那个男的说了一句："哟西。"另外一个女的不知为何回答的却是英语："三克油。"

这让我觉得真是开了眼界。

还有一站就到红磡了。两个穿着制服的女人进入车厢。很多人都出示磁卡一样的车票，给这一胖一瘦两个女人看。原来是检票的。

瘦瘦的女人接过我的车票。

女人微微皱了下眉头，说，先生，这是头等车厢，你买的是普通票，按规定罚款港币五百元。

女人说的普通话很标准，说得也和和气气的。这和气跟过关时看到的香港警察一个印象。

可我被搞蒙了。我拿出我的通行证给女人看。女人看了，还是说，罚款五百元。

我兜里只有四百多港币。

我不知道这是头等车厢，我没有钱。我有点急。

这时候，我看到我的通行证已经传到胖女人手上。她把我的通行证卷在手心里。她盯着我。

拿来！给我！

我一脚跨出去，插进去，我的脚踩到了这个胖女人的脚。她发出长长的尖叫，我听到身后也有惊叫，应该是瘦女人的声音。

我抢回我的证件。左右不知怎么办的时候，胖女人已经蹲在地上哭泣。

我不知道她为何哭得那么伤心。

这时候，两个警察过来了。车也到站了。警察让我跟他出站，到了一个叫某某警署的地方。警署前面的字，用的是繁体，一下子没看仔细。

警察说我犯了普通袭击和没有缴付车资两项罪名，当场拘留。

我就这样成了罪犯！

何止胆战心惊！警署里，睡在一张水泥床上，冰冷穿过背脊，像一把从地上射出的箭。

第二天一早，警察告诉我，你被起诉了。

警车，法庭。像做梦一样，我是怎么上的警车，怎么进的法庭，怎么坐下来，怎么站起来，法院里面有什么人，全部灰蒙蒙的，就像无人耕种的田野。

记忆全无。

很快，我又被送回警署。一个戴眼镜的警察，给我一张小字条，上面写着：

香港法例第212章《侵害人身罪条例》第40条：任何人因普通袭击而被定罪，即属犯可循简易或公诉程序审讯的罪行，可处监禁1年。

警察说，你是第一次来香港，第一次坐车，年纪小，法律原谅你了。警察很热情，交代另外一个正好出车的警察，把我送到红磡火车站。

站在人来人往的车站入口，正午的阳光直射下来，一点一点把我身上的皮肤、血液烤热了。

我抹了下额头，是汗。

我这才觉得自己活了过来。

又回到宝安鹏程厂那个宾馆。

我想住过一晚就买票回家。离开密密麻麻的窟窿，离开密密麻麻的人头，离开高楼大厦，离开您好对不起谢谢，离开法律规定，离开制度要求，离开莫名其妙的哭泣。永远离开，不再回来。

回到大瑶山，我的月拢沙。

跟禾苗做伴，与稻田为伍。

票一早买定，下午六点。

回家之前，我想顺带把床底下的一箱迷你小音箱卖了。

我选择在中午时分当一次小贩，做一次老板。

地点选择在鹏程厂门口的小市场上。很多人中午不爱吃那千篇一律的食堂，小市场一到下班时间就异常热闹，卖麻辣烫的、煎饼的、快餐盒饭的、水果饮料的、盗版书盗版光盘的。

一个纸箱子当作货架，几个样品摆起。这个小音箱，可以连接手机，直接播放，三下两下，音乐响起，很多人被吸引过来。有人看，就有人买，交易就出去了。

旁边卖盗版光盘的看见我，眼红了，也把马力十足的扩音器插起，放出歌来。

嘿，居然是民歌：《在希望的田野上》。

在希望的田野上。老子卖完小音箱，明天就真正在希望的田野上了。

就在我在卖第三台小音箱的时候，城管来了。

几个大个五大三粗，穿着迷彩服，一边哐哐当当地踢，一边唧唧哇哇说着对讲机。顿时，铁锅落地声、呼呼奔跑声、妇女哭骂声交汇一起。

《在希望的田野上》，唱了一半，哑了。

二十几个小音箱，被一只大脚踢得四处逃窜。

我跑过去捡起两个。我想作为礼物，送给正在读初中的弟弟。

可他们不许。两个迷彩服按着我，大声吆喝，放下，不处置你们就算了，还想要东西，一帮农民。

我一直不知道，这些城里人，为什么总喜欢骂人"农民"。

农民不种谷子，你吃条卵！

农民是你娘啊！

也不知道哪来的力气。我抓起地上一个装麻辣烫的铁盆，一个反身，铁盆依次划过两个壮汉的脸庞。我来不及看清这两个人的脸，是清秀，还是粗横。

我拔腿跑了。

我听到有人大喊，暴力抗法！

管你条卵！

我步伐矫健，早已跑出很远。

一点也不觉得累，我想就这样一直跑下去，跑回大瑶山，跑回月拢沙。

我想告诉爷爷，告诉田野：我回来啦。

补记：回到月拢沙，爷爷的第一句话是，田包给外地老板搞养猪场了，你这么早回来，搞什么卵子？

死鬼的微笑

我落入风尘多年，不能说阅人无数，但打过交道的各色人等绝对不少。但一个女人，一个衣服上扎着金黄谷粒的女人，嗯，也是我的客人，却是我从业生涯中第一次遇到，估计也是最后一次。

她叫什么名字我不知道，只记得她来自湖南一个叫什么月拢沙的村庄。昨天，她第一次进城，却干了三件大事：吃龙虾、住酒店、找小姐。

中午两点的样子，我被老板娘叫醒，姗姗姗姗，来了个客人，只有你才能搞得掂，快到店里来，快到店里来。

虽然一万个不情愿，我还是一骨碌爬了起来。谁让我是这家发廊的二股东，还兼着"一姐"这么个雅号。有难缠的客人，我不下地狱，谁下地狱。

到达店里的时候，阳光猛得要把人的头皮给揭下来。不知什么时候起，店门口的大榕树上住进了几只知了，"吱——吱——"，头一开始听，还觉得挺有味，听久了，就烦了，真想用一口油锅生炸了它。

我上到二楼。大玻璃门望进去，上白班的七个小妹都在，个个把腿架在腿上，目不斜视地看着额头上的电视。哪有什么客人。倒是门外有个女人，背对着，正立在旋转招牌灯下。白衬衫，长袖；黑裤子，肥大；黑皮鞋，平底；头发，长及腰部。我拉开玻璃门时，她一个侧身，露出几颗黄牙：

"喂。"

她也跟着闪了进来。像尾泥鳅。我能闻到身后紧跟着的一股泥土味。老板娘坐在高高的前台里，动都没动，说，这位老板想按摩，她不喜欢染过毛的，而且要瓜子脸，瘦身材，所以就把你叫过来了。

我转身过去。她抱着手，抿嘴笑了。

按一个钟还是两个钟？我问她。

她正瞥着几个东倒西歪的小妹，然后很快地把目光跳到电视上去。电视正在播着一个台湾的言情剧，每天中午三集连播。不知她是看过这个电视剧，还是瞬间被剧情抓住了，只见她放下了抱着的手，头还拉长了过去，仿佛是想看清闪烁的字幕。正在小声调笑的小妹们，被这个新加入的观众一搅和，立即收起了表情，放下了二郎腿。

我又问了一句。她似乎没有听懂。我说，你要按摩一个小时还是两个小时。

她答了，先一个小时。

跟我来。

我们这个发廊也是起起落落，钱没赚到，操心倒不少。一开始是赚钱的，虽然发廊的位置是在城中村里，但因为靠着中心区，生意一直不错。你想啊，黑压压的高楼大厦装着多少公司多少男人多少单身男人多少不想回家喜欢东搞西搞的男人啊。可是，后来呢，抢饭碗的多了，东边开一家，西边跟着屁股头也开一家，天不黑各家就把霓虹灯开起了，不要电似的，各种名堂、花样也多得看不懂了。就这样，生意唰地淡了。最能说明问题的是，老板娘胖了，天天往前台里一坐，报纸的八卦新闻翻翻两下，要不见客人来的话，眼皮子就重了，没多久，撑不住，就交代给小妹，躲房里睡觉了，醒来吧，还特能吃。有一天下午，老板娘突然对我大叫要减肥，我则反应过来，你要减肥我们要减租：我们的发廊租了三层农民房，要减减减，留一层就可以了。"旺铺转让"的广告贴了两个月，效果喜忧参半，一楼很快转给了"城市快餐"连锁店，还少少赚了一笔转让费；三楼呢，"旺铺转让"四个字都由红变黑了，却至今无人问起。

我把她带上了三楼。二楼连着大厅，生意淡了，小妹们有时很放肆，电视虽然开得小声，但她们时不时嘎嘎一阵打闹，吵死了。三楼好些，光线好，房间也大些，空调也比二楼的新。

308。我推开门，她随手关上，似乎还用力掼了两下。一个女人给一个女人按摩？我们又不是美容院。我禁不住苦笑了一下。我开了空调。她却径直走到窗边，先是侧着身，眼角贴着玻璃，仿佛很用力，左右两个角度看出了很远，然后又勾着头看看下面的街道，也看了很长一段时间。外亮内黑，她像极了一尊石膏像，披着一层暗淡的光，笨拙地，装着沉重的心事。最后，她把窗帘拉起来，严严实实。

我叫她大姐。

大姐，你是要哪种按摩？中式？泰式？土耳其式？

嗯……随便……男人都喜欢按什么……

男人喜欢的，也各不相同。

那我要最舒服的……要舒服……

各有各的舒服。

我要全身都舒服的……全身都要按的……

肯定的。

那……什么最便宜……

中式。中式最便宜，一个小时六十八。泰式最贵，一个小时九十八。

我要……我要最贵的！

好。我会把你按舒服的，先趴过来，按背。

要不要脱衣服……

不用，夏天穿得薄，不用。

她脱了皮鞋，穿着白色的短丝袜，气味很重。她趴在床上调整了好一阵子，才停止下来，全身服服帖帖，一动不动，连上下起伏的呼吸都似乎消失了，像一摊沉重的尸体。唯一可以证明她还活着的是，那束牛尾巴一样的头发被她抓在手里，五个手指微微地一松一紧，一松一紧。头发的汗味也很重。

我真想早点结束这场难过的服务。跳过按头，我的手直接放在她的肩上，揉。

她的肉很紧，很硬。

我的拇指加大了些力。

她发出短短一声："嗯。"

不知道她是睡着了，还是觉得舒服。我继续隔着衣服往颈椎里揉。

有什么东西扎了我一下！

我细细一摸，一颗黄灿灿的谷粒。

是谷粒！谷粒扎在这个女人的衣领里。

大姐你从哪里来啊？我问了一句。我担心她睡着，甚至更可怕的事情，比如她悄悄地断气啦，死啦！这是个非一般的客人，怠慢不得。

老家。她回答得很爽快。

老家哪里哦？

湖南大瑶山，好偏僻的哩，月——拢——沙。

从话里可以听出她放松了些。她还解释了一遍她的家乡：月亮光光罩拢下来的白沙洲，月——拢——沙。

来深圳做什么？

找我男人。

找到了吗？

找到了。我们还吃了澳——洲——大——龙——虾，住了五——星——级——大——酒——店。

她把每个字都咬得紧紧，生怕音跑了，一顿一顿地说。她的滑稽，让我完全放松了。

她放开头发，把枕头往下移到胸口，手握成拳头，垫在下巴下，开始流水一样地说话。我一刻也没有打断她，我正好偷懒，手放在背部有一下没一下地按。

……我今天晌午吃了正宗澳洲大龙虾。来了大城市，我就是要吃大龙虾。对面好几条街，走了一遍，进了个最高档的大饭店。那个大饭店，招牌有十几块门板那么大，大白天还看得出有彩灯一闪一闪。进去了，没人理我。我管你，坐下来再讲。大热天还穿着西服的一个小妹妹过来了，比你还高，我知道他们的心思，我说，我有钱，专门过来吃大龙虾的。小妹妹笑容堆上了天，找出一本大本子，重得要死哦，要我点菜。我说要最好吃的，最大的。她就说，澳洲大龙虾，五百一十八。我说好。大龙虾端上来了，真的大哩，一根筷子量不完，胡须还不算上，有小娃崽的手腕子粗。一大条，摆在盘子里，亮汪汪的，头看着你，好像还可以跳到水里一样，不注意还有点吓人哩。龙虾旁边摆着几圈西兰花和几大把刀啊叉啊，还有铁夹子。饿了，先吃了西兰花。这么大的龙虾怎么吃哦。我看旁边一个老人和一个小妹妹也要了大龙虾，我就先看他们吃。他们吃得才有味道哩，闻一闻，舔一舔，吸一吸，扒一扒，吃一吃，扯一扯，捏一捏。看到他们的样子，我一下子想起年轻时我男人唱过的一首山歌：

拉着你的手，
掀起红盖头。
慢慢亲一口，
解开红肚兜，
扯下红裤头，
让我吃个够。

她还真在唱！唱完之后，额头抵在床单上很久，才又开始说话。

澳洲大龙虾，你讲它不好吃吧，它又价那么贵，你讲它味道好吧，我吃了两坨就没胃口了，还是两碗白米饭实在。

大龙虾吃了，我还要住大酒店，豪华大酒店。在月拢沙，过年的时候总是听男人们说大酒店住一晚要卖半头猪。这么贵，我也要住一下。就在大饭店里结账的时候，我问穿西服的小妹妹，哪里有高级大酒店，我要住。小妹妹说，我们这里就是大酒店啊，五星级的，最高档次。小妹妹晓得我是有钱的，把我带到旁边的一个大厅办手续。有豪华房，有套房，还有什么标间、商务房。后两个不太懂，我就要了豪华房。一个晚上六百八十八，还说是优惠价。戴着水瓢样帽子的男服务员，帮我拿包，我不让，就一身衣服有什么好拿的。跟他进了房间，一看，还没我家住的大哩，到处雪雪白白、光光亮亮的，搞得人都不敢坐了。上个厕所着了难，坐上去吧憋不出来，蹲上去吧差点掉下来，滑啊，天老爷哦，搞死我了。

她真能说！

那你怎么办？我插了句，我也不习惯马桶。

她问，那你也是农村的？

我说，是的，我十七岁就出来了，好多年了。

哦……那我不瞒你说，我最喜欢大酒店厕所里的卫生纸，好高级，软和和的，扯不断，还有香味，家里从来没有这么好的卫生纸，我把一大卷都收进包里了，半头猪的钱就买了这么一卷卫生纸。我上完厕所出来，小心翼翼地躺在床上，太厚了，眼睛睁开、闭上，睁开、闭上，哪里睡得着。睡不着，我就出来了，按摩。

大半个小时已经过去。我让她翻过身子，按正面。她翻得有点艰难，有点害羞，有点不知所措。此刻，窗外知了突然哑了，房间里只剩空调嘶嘶吐冷。

我从手按起。

妹妹……你这里有……特殊服务吗……

她说话了。

就是……那种特……殊服务……

如果一个男人对我说要特殊服务，我当然明白特殊服务是什么，但一个女人跟我要求特殊服务，我真的糊涂了。难道她是同性恋？不可能！

大姐，你说什么特殊服务哦？

……就是……男人和女人的……服务……

你要这个服务，大姐？

……我要，我……摸……你的那种服务……我……加钱……一百……两百……都可以……

哭笑不得！我把她的一只手放下来，拉起另外一只手按。

她放下的那只手，正好压在了被我扔到床边的谷粒上。她感觉到了吧，捏起来，在拇指和食指里转了很久，然后悄悄放进裤袋里。

然后，她哭了。我开始还以为是空调太足她在抽鼻子，后来才发现她是在哭。哭声很细，泪水很凶。

我是替我男人来按摩的。她抽回了正被我按着的手，费力地抹去流到枕头上的泪水。

她男人死了。

她男人是"蜘蛛人"。前天一早，男人吊在对面中心区一座三十九层高的楼外面，给一家公司清洗玻璃外墙。和他一起做事的人说，出事之前，他刚接完儿子电话，说是儿子高考成绩出来了，上了本科，但是民办学校的，学费要比别人多一万块。他合起手机，正想抽根烟，屁股下的保险索就散了，他也不知怎的，一句喊叫都没有，就像纸片一样，随风飘落。从高空望下去，他仰面躺在一个空白的停车位上，一只手伸直了，一只手弯曲在头顶，和他平时熟睡的姿势毫无二样。

她是前天傍晚接到的消息，是乡里劳动服务站来人通知的。她刚从田里回来，一季稻收了，二季稻要准备插上。她是村里少数几家还坚持种田的人。虽说现在粮食提价了，农村也要发展了，可年轻人和壮男人都还是争先恐后地外出，现在村里仍然还是那三种人：老人、小孩和女人。

带着一部借来的手机，她喊了一辆高价小货车，连夜出发。还算顺利，天一亮就赶到了男人的物业服务公司。一大堆人客客气气地把她请进一个地面铺着玻璃、玻璃下游着红鲤鱼的大房子里，墙上挂着看不明白的大彩画。一个身材特别高还穿着高跟鞋的年轻女孩，把她按进一张转动的皮椅上，蹲下来倒水，茶杯的把儿朝着她。周围站满了男人女人，有八九个，抱着手，谁都不说话。两个男人走进来了，一个瘦得像麻秆，却穿着大裤衩。一个胖得像肥猪，却穿着西服，暗色的领带被肚子拱起来，她说像一条长长的茄子。想不到瘦子是老板。老板说，她的丈夫工作时间接打电话，属于违规操作，责任自负，但是人总是讲感情的，他们公司还是会给予最大额度的补偿。胖子从一个女孩手中接过一个纸袋子，抽出一张纸，说他是律师。律师说了一通似懂非懂的话，她只记住了一个数字：六万块。律师点着一个空让她签字。笔送过来，她接笔的时候看到屋子里的男人女人都盯着她，一个戴着大盖帽的保安吧，肩上挂着个黑乎乎的讲话机，压着喉咙嘀嘀咕咕，眼睛还瞟着她。她憋得难受，想破口大骂却骂不出来，最后站起来，说了句，拿钱来。律师给了她另外一个纸袋子，打开，六扎钱。钱在点钞机里转，哗哗哗……咔！六万块。她拿了过来，放进自己的包里，签了字。

离开物业公司，她央求男人的同事带她去那个车位看看。结果花了二十多块钱的的士费，也没看成。那个车位停着一辆鲜红的大轿车。

男人早已送到殡仪馆了，要烧，不能运回家乡。这是国家规定。她无奈地打发了小货车司机，又多出了一倍的工钱。殡仪馆里，有人交给她两张照片说，这是你男人留下的遗物，其他的东西都不值钱，我们就替你扔了。这是两张过了塑的彩色照片，一张照片上有他们一家五口，在一条小河边照的，河岸两边花红柳绿，还有一群洁白的鸭子在水中畅游。照片里三个孩子最矮的也有半人高了，另外两个高过他父亲。照片上，男人胡子忘了刮，看上去很老相，双手垂下，很不自然地抓着裤子两侧。另外一张是他和女人的合影，场景也是小河边。两张照片，他一点笑容都没有，苦瓜脸。

她买了一个说是檀木做的骨灰盒，一千八百块。她静静地站在火化大厅里，看着一个年轻的师傅手脚麻利地按着一部机器。有其他的家属在哭，声音越来越大。这时候，年轻的师傅说了一句：

"谁不是一缕青烟。"

所有的人都不哭了。一会儿，男人的骨灰也装好了。捧在手里，感觉不到有什么多余的重量。

她打了个电话给正在学校填高考志愿的大儿子，让他无论如何要去读那个民办大学的本科，别再复读了，学费，有。

打完电话，她就去吃了澳洲大龙虾，住了五星级大酒店。因为她常常听男人讲，城里人过得好潇洒，出去都吃大龙虾，住大酒店。

她要让男人做一天城里人。

而且还要找一回小姐，要把日子过得舒舒服服，痛痛快快的。

为什么偏要找瓜子脸，瘦身材？

因为男人有一回偷腥，被我抓到过。那个女人是邻村的，瓜子脸，瘦身材。男人一次喝酒喝多了说，要是早一点遇到瓜子脸，他肯定讨她为老婆了，因为他喜欢瓜子脸，瘦身材。

我答应了她的要求：摸我。

我们互相脱掉衣服。她的皮肤粗糙而松弛。她的手挨到我的乳房，打着颤，像点水的蜻蜓。她还拿出她和男人合影的那张照片，变戏法似的拿出一把小剪刀，小心翼翼地剪下有男人的那一半，先是立在床头，然后又盖在我的身上，一点一点地磨蹭着。

一开始，我有点怕。渐渐地，就不觉得了。

我甚至开始想起家乡想起小时候，想起暑假红火大日头天，踩在松软的田埂上，两侧的禾秆子碰在光腿上，饱满的谷粒扎着人，似痒非痒，让人想跑起来，哼起歌。

可是，就在这时，房间里铃声骤响。那是我们发廊内部装的报警！

有情况！

有人来检查！

快！穿衣服出去！

不要待在同一间房里！

我一边喊一边穿自己的衣服。

她害怕得全身在抖，裤子不见了。找了半天，原来塞在枕头下。好不容易找到，却又半天翻不过来。

你就在这间房里，我到另外一间房里，就没事了。把衣服穿整齐！我说完，就跑到 301 去了，舒了一口气。

果然是有人上来检查。我在房间里打着手机游戏装样子，头也不抬地说，检查个鬼哦，店都要转让了，哪里还有什么客人。他们走了一圈，果然，一声不吭，走了。

我再跑回 308。人不见了。窗开着。

她跳窗了。

我飞奔下楼，不见她的踪影。

捡垃圾的一个老太婆说，刚才一个女人从三楼跳下来，命真大，落在二楼遮阳棚上，又滚下来，不偏不正掉在一张旧沙发上。

我跑到她男人出事的那栋大楼下。转了一圈，果然，在一个车位处，看到了她。

她在说话，完全是自言自语：

"死鬼……你就潇洒了……大龙虾吃了……好吃吧……好吃就要记住那味道……大酒店住了……半头猪的钱啊……女人也玩了……这个女人多年轻多漂亮……你舒服了吧……你满意了吧……你就潇洒了……还有，儿子读书的钱也有了，不消你操心了……死鬼……"

看到我，她笑了。她拿出有他男人的那半张照片。突然，她抓住我的肩，叫了起来：

"你看，你看，这死鬼笑了，笑了，笑了。"

回乡之旅

他妈的，民意测评全票通过，偏偏在班子会上卡了。七个领导，就他一个人不举手，他妈的，老子哪门子得罪他了，哪样工作没干好，哪次对他没笑脸，连厕所里碰到了尿都让他先撒！

老主任说，你这是气话，他是为了保他的马仔，不是对你有意见，是你运气不好。

他的马仔是大奶养的，老子是二奶养的，操。

老主任还有一周就退休了。竞争上岗这事，我不能在他面前撒太多泼。拎起茶壶，给老主任倒了杯水，水一急，把纸杯子冲翻了，流了一地，茶是茶，水是水。

行了，清明假期，好好休息，消消火，要不然，我看你这样子要杀人。老主任摇着步子，走了。

想来想去，清明还是回家吧。

老婆早一个月前就定了清明小长假去日本，五天精华游。问我去不去，我说我不去，原因是那几天正是竞争上岗的时候，有很多细节要考虑，马虎不得。这既是事实，又是借口。什么精华游不精华游，女人的精华游就是购物游。再说儿子又不去。儿子十五了，变了。以前他最爱两样东西，吃、一家人旅游，现在呢，这两样成了最嫌弃的东西。像女孩子一样，叫他多吃点东西就嚷嚷容易长胖容易长胖，你喊他周末搞个家庭活动，他说他早就约了同学打球。

回家吧。每年清明都回家，给父亲上个坟，给老娘带点钱。休假、孝敬两不误。

老家位于广东、广西、湖南三省交界处，离深圳不算远，尤其是现在全程高速，走下来五百公里不到。一大早，六点钟，出发了。雾很大，车头撞开一层一层的面纱，照样看不清前方的模样。好在路上没遇什么堵，一路踩着油门，杀出了深圳、广州，开始路过重重叠叠的山岭，还有田野，和偶尔可见的炊烟、水牛。离开城市，清晨变得可爱起来，这时候的光亮才叫光亮，清透如冬日屋檐下倒挂的冰条。车窗按下一条缝，阳光抢着跑进来，只是被风吹得还有点小冷。

中午十二点的时候，到加油站上个厕所，一放空，肚子开始觉得饿。

呼啦吃完车上备着的几块沙琪玛，车一启动，一看里程表，嘿，还有百把公里，快到家啦。

心情好，我到后备厢拿了张新碟。这张碟是我上个月生日，老婆送给我的礼物。可我太忙了，收了之后，第二天一早假惺惺地发了条短信说，这张唱片很棒，喜欢。其实我连包装都没拆。

我把碟片塞进去，歌声流出来。我那条短信，还真发对了，这声音一出，我就知道这确实是我的菜。我瞄了一眼副驾座位上的碟壳子，一个欧美女星，长长的英文，不认识，也懒得认识。跳到下一首，旋律起，长笛声，也是我喜欢的。天籁之音，空谷之声。音乐就是有这个魔力，可以一下子把人带到很远的地方。车开着开着，就下了高速，眼前的这条国道、两边的镇子，多么熟悉。往事一幕一幕，金鱼冒泡一样，自然而然就出来了。

早着呢，才一点多钟，我不想立即拐进回家的路。我想沿着国道走下去，在这空灵的歌声里，来一趟怀旧之旅，走到哪里算哪里。

刚刚路过的白水镇，是我的出生地。刚刚跨过的石桥下面，是白水镇的母亲河，因为河的名字就叫娘河。娘河边上一排被古树包围的土房子，是白镇中学，我在古树下读完了我的初中。初中我的成绩一点也不好，除了语文。但我的语文总是七十分左右，因为三十分的作文，我总是十分左右。我死都不会忘记语文老师的名字喊李三席。你知道吗？那时候一周六天要上课，我每天都渴望星期六早点来到，因为星期六搞完大扫除，李老师会布置作文。我渴望写作文，跟渴望不上数学课一样。星期天，我会用一整天的时间构思。为了写好作文，我偷过父亲的钱去买《增广贤文》，买《罗通扫北》，买《薛仁贵征东》，还会喊我哥哥唱山歌，然后把歌词写下来。总之，忙得很。也因此，我的初中三年没有一个休息日。当然，我主动把休息日调到星期一星期二星期三星期四星期五了。星期一把作文交上去，等待星期二第一节语文课。星期二语文课，我神采奕奕，等待李老师念一次我的作文。可惜，一次没有。两年下来，全班有一半多的同学的作文都被念过，我却没有。没念，好，老子下次再写！我近乎用一种仇恨的心态认真地完成每一周的作文，构思、下笔、修改、念诵、再修改，最后填在格子里。但我最后等到的仍是绝望。我根本等不到毕业，在初三第一学期开学第一周，我就跑到李老师的办公室，也是他的家里，粗着嗓子问，为什么从来不念我的作文。我那时候刚长胡子，我感觉我在质问李老师的时候，我的胡子在互相碰撞，好像是它们也很憋屈，憋屈得要推推嚷嚷混战一场才解恨。李老师一年四季戴着鸭舌帽，头一次脱下来，把额头的头发堆到头顶白皮处，说了三个字，跑题啦。他这三个字说得像吃豆腐一样轻巧。我却像吃到了沙子，不是嘴里吃到了沙子，而是眼里吃到了沙子。我揉揉眼睛，果然流泪了。我从此再也不认真写作文，把所有的精力用在了师专刚毕业分配过来的数学老师杨小珍身上。至今，我都觉得，她好漂亮，一年四季穿红裙子，黑皮鞋，白短袜，头发卷而长，落在后腰上。杨老师每次都夸我进步快，还喊我进她单身宿舍帮忙改试卷、统分数。我闻到了杨老师身上的香水味，看到了她的后颈窝，还有细得发亮的茸毛。当时有点想发誓，杨老师，这辈子谁要是欺负你，我跟他同归于尽。当然，考高中的时候，我的数学成绩很好，语文也不错，作文我乱写了一通，居然没有判跑题，真是见了鬼。

又到了一个镇，这个镇喊大路镇。这个镇的标志也是一座桥，名字叫什么，我不知道，反正我们喊它三拱桥，因为它有三个拱。我最好的朋友林新城家就在这个镇上。我们是初中同桌、高中同桌。新城是镇长之子。林叔叔是那时少有戴眼镜的人，初中的时候，他故意不让新城在大路镇中学读书，免得儿子耍老子威风。不过，那时并不觉得镇长之家有多特别，说实话，他们家住的屋子还不如我们家大，唯一的不同是他们家的厕所是在屋里的，而且还挂着纸，软软白白的卫生纸。我们家的茅厕在树林里，草丛中，天底下，哈哈。新城弹得一手好吉他，我呢，特别爱写诗。假期的时候，我经常踩二十里路单车到他家，然后烈日中午我们站在拱桥上眺望远方。那个时候谈得最多的一个话题是，什么时候能够走出大山，到远方去。我还给他写过一首歌词，名字就叫《惆怅》。他唱的时候，一直把"惆怅"唱成"周长"。我也不敢确定他是对还是错，看他拨着琴弦很潇洒的样子，我觉得他应该唱对了。高二的时候，突然有一天，新城把吉他交给我保管，说他真的要去远方了。我说，去远方，更应该带上歌声啊。他说，是去远方参加高考。这时候我才晓得，林镇长是广西南宁人氏，五八年从中南民族学院大学毕业后，支边分到了我们这个山区小县。湖南高考的录取线高过广西，所以要把儿子迁回广西，到广西参考。新城把琴弦卸下，交给我一把无弦琴。我这时是真的惆怅，无比惆怅，第一次感受到了什么是分别。谁知道，没两天，新城问我愿不愿意跟他一起远赴南宁。我二话没说答应了。林镇长摇了个电话摇到我们乡政府，乡政府守电话机的一个大胖子跑到我们家。我父亲第一次接电话，显得异常兴奋。电话里，林镇长说，把你的崽和我的崽搞到广西去参加高考，征求下你当老子的意见。我在听筒外就听到父亲扯着嗓子说，我听崽的，崽同意我就同意。就这样，我跟着新城去了广西南宁一个比我们小县还边远的小县，我的户口也迁了过去。我父亲一时转不过弯来，看到户口本上我的名字后面写着"迁出"两个蓝墨水字，以为自己的崽从此就是别人家的了，为此号啕大哭。我和新城在异乡读完高三，老天开眼，双双考入伟大首都北京。

　　进入县城。道路再怎么加宽，绿化再怎么葱葱，城区再怎么扩展，我都找得到当年走过的街、钻过的巷。我把车停在老百货大楼门口，下来走路。老百货大楼后面是黄泥街。这条街太有印象了，不如叫它黄色街吧。高中在县一中读的书，高一入学第一周还算老实，第二周就想出去耍了。新城发奋得很，一天到晚苦练英语口语，说不能让县城崽笑话我们的乡土腔。我只好一个人走进夜里，来到县城中心的百货大楼，也不晓得要买什么，就是瞎看。看各种商品，看标价，觉得很满足。看够了，找厕所。在百货大楼后面找到了厕所。厕所出来，看到对面一个镭射录像厅正亮着灯，人们进进出出。在白水镇的时候，也有镭射录像看，但那个时候，心思全在写作文和杨小珍老师的数学课上，没心思看什么鬼镭射，听到大喇叭里打打杀杀的声音就想躲。那天晚上，很好奇，怎么听不到打打杀杀的喇叭声？我插着口袋装着很老成的样子晃过去。艳情片，五毛钱，刚开始。一个剪着郭富城头的卵崽说。记得很清楚，那晚有雨，石板街上泛着青光，像匍匐着各种鬼魅。我用力推开门，想探个头进去，被拦住。给了钱，进去了。那一瞬间真的是六神无主啊，幕布上怎么是光溜溜的女人，还有男人。自然就坐下了，张着嘴，痴痴地看。不到十分钟，放完了，灯亮了，我看到每个人的脸上一片苍白，像死过一次又活过来了。啊呀，还有女观众。假装镇静，插着口袋进来，插着口袋出去，我径直走进雨里，一开始慢慢走着走着，然后突然撒腿狂奔。

沿着黄泥路，走不远，是一个长坡。这个长坡是进出一中的必经之路。可是，可是，这个长坡叫死人街。两边全是花圈店、寿衣店，还有棺材店。十多年过去了，店店依旧，每个店门口仍旧坐着一个晒太阳的老人。时间在这条街上好像被捆住了手脚。瞧，那家棺材店，还是虚掩着门，里面还是不时地传出剧烈的咳嗽声，机关枪一样，咔咔咔。有一年，老校长卢汉生出狱后到深圳玩，我接待的，他说，为什么一中每年都会出北大、清华的学生，就是因为死人街。学生每天出入阴阳两界，心理素质早已锻炼得超级强大，考起试来不存在什么发挥失常不失常的问题。我说，那是那是。我心里不好说，校长你的心理素质最强大，贪污学校工程款几十万，公安局去抓你的时候，你还跟人家说《论语》。

死人街左右有两个岔口，左边是河滩，右边是梨园。我走向梨园。梨树不见了，剩一片水泥地。变成了驾校练车场，插满了竿子。几个学车的，坐在地上嘻嘻哈哈地笑着车里打方向盘的人。教练手画着圈子，眼睛却看着另外一边，好像他的手充满了磁力似的，车子能听他的话。辨别了下，教练站的位置，正是"梨王"所在地。"梨王"就是梨园里最大的一棵树，哟呵，树干粗得呀。每年，也就是清明前后，"梨王"花开满天，雪花一样，晚上没月光都可以看到白白的一树。但到了夏天，它却不结果！气得每个学生都想骂娘。我们的梨园文学社成立仪式，偏偏就选在了"梨王"树下，所以没一个修成正果的。记得那时，卢校长亲自涂黑了一面墙，给我们做"发表园地"。奇了怪，我的跑题作文在高中居然很吃香，校长点名让我做梨园文学社社长。我创作欲望大发，每天雷打不动写诗一首。同时，我开始练习书法，因为要在"发表园地"上誊抄大家的作品。每一期都有我的作品，署名"野枫"。到北京上大学之前，我从来没见过枫树，但这不妨碍我对枫树的想象与热爱。

写诗写出了鬼名堂。我们的班花，也是校花，也是学校女排队长王新蕾，主动调位置和我坐在一排，中间隔了个过道。王新蕾家住县城，不住校，不知从何时起，每天中午给我带一个鸡蛋饼，说是她奶奶做的。我从那个时候养成中午不回寝室午休的习惯，每天中午吃完饭后坐在教室里等王新蕾和她奶奶的鸡蛋饼。当着她的面吃，有种说不出来的感觉。如果那个时候有人问我"你幸福吗"，我肯定甜蜜地回答，of course。那个时候也不知道什么叫爱情，但知道什么叫喜欢。我当然喜欢王新蕾。王新蕾也应该喜欢我。但我不敢有什么表示，因为王新蕾比我高一个脑壳，而且还有校篮球队前锋、隔壁班的李小涛喜欢她。我只能默默地每天写一首诗给她，在快放学的时候悄悄夹在课本里，给她，看她悄悄抽出纸片，然后把课本还给我。我尽情地想象着她回到家关紧门躺在床上读诗的样子。

我和王新蕾的地下情，应该是被李小涛发现了，不然他怎么每个课间十分钟都跑到我们班和王新蕾讲话。王新蕾好像也不讨厌李小涛，有时候还咯咯地笑。这让我惆怅。我走过他们身边，发现我比李小涛矮两个脑壳。好在李小涛中午不过来，每天，我还是和王新蕾有那么一段快乐的鸡蛋饼时光。

但没想到李小涛得寸进尺，有个课间十分钟，他当着所有人的面、当着王新蕾的面，喊我出去，张大军，出来。我出去了，看着李小涛胸前篮球服上的两个白字：先锋。李小涛说，小心丙脑壳。丙脑壳是体育老师徐丙江的名字，学体操的，瘦高瘦高的，外县的，讲普通话，不认真听经常听不懂。丙脑壳对学生很严厉，男同学都很讨厌他，但就是搞不懂女同学偏偏喜欢他。我以为李小涛要警告我，没想到他要我注意丙脑壳。我哪里晓得丙脑壳和王新蕾有什么关系。这时候，李小涛说，上个星期六下午，他看到王新蕾练完排球后到丙脑壳宿舍洗澡。

上课铃响了。我一节课都没上安心，一下课，我把李小涛喊了出来，讲，他老娘的丙脑壳，搞死他。李小涛很赏识地看了我一眼，就好像我是他队友，传了一个好球给他，他又三步上篮投进了。李小涛喊我星期六下午看他和二中比赛。我答应了。

星期六下午，李小涛打完篮球赛就拉着我摸上了丙脑壳的宿舍。门紧闭。果然，王新蕾在里头。她的咯咯笑声我太熟悉了。但我不敢确定王新蕾是否在洗澡。李小涛也不敢确定。我们在门口徘徊了几次，然后躲了起来。好像等了很久，他们都没出来。我们又摸过去，笑声没了。我把耳朵贴到门上，确实没笑声。李小涛做了个手势，左手窝起来，右手食指插进去、拉出来，插进去、拉出来。我用眼神问怎么办。李小涛拉着我回到墙角落，他来回走了两圈，好像也没什么办法。我一个人又贴近门去，这时听到了王新蕾的笑声。我哆嗦了下，赶紧退回墙角。这时候，门开了，王新蕾出来，丙脑壳锁门，一前一后下楼。我们跟下去，跑起来。王新蕾和丙脑壳各踩各的单车溜出了校门，然后一拐，把单车支在路边，锁好，去了河滩，散起步来。暮色深沉，河滩无人。李小涛把丙脑壳的单车抬到一个沟渠里，举起、砸下，举起、砸下，轮子钢圈都砸弯了。看着李小涛力气用完，我说找根棒子给我。李小涛跑到一家人门前抽了根干柴火，交给我。我拿起就跑，冲进河滩。对着一个黑脑壳，梆的一声。我在心里喊了一声，我要杀人！喊完，我就跑，跑到录像厅里。录像厅里刚开始放黄色录像。我一边看，一边抹汗，一边担心公安局随时要逮捕我。

第二天上课，我、李小涛、王新蕾都安然无恙。李小涛又插在我和王新蕾中间说笑。王新蕾也看不出什么异样。但那一个月，我们确实没见到丙脑壳，体育课成了自习课。

那件事后，也没见李小涛和王新蕾成双成对。我突然去了广西读书，参加高考。到北京上大学前，我想去找王新蕾的，但听说她落榜了，怕见了不知道说什么好，就没去找她了。大二那年寒假，在街上碰到李小涛。已经是县化工厂工会干事的李小涛告诉我，王新蕾和丙脑壳结婚了，丙脑壳请了他吃酒。敬酒的时候，丙脑壳说，你什么时候赔我的单车，证据我还留着。不赔，老子报案，要你没工作，班上不成。还有张大军，具体事我就不说了，你告诉他，我们结婚，他欠一个红包，否则我让他挨开除，大学上不成！

睹物思人想事，善良、真挚、纯真、美好、温暖。说心里话，我自己都有些感动。我在死人街边的一个小店里买了瓶矿泉水，找了张条凳坐下来。午后的阳光落在翠绿的树叶上，滑下来，成一地的碎银子。我看着一排排坐在花圈店、寿衣店、棺材店门口晒太阳的老人，心如止水，感觉我就是这里的一个土生土长的街坊邻居。这些老人偷走了我的青春，让我变成今天的中年胖子，为了名利，为了前程，远离故乡，唯唯诺诺，战战兢兢。

我就这样一直呆坐着，感觉心里从来没有这样美好过。一直到小店老板乒乒乓乓动手炒菜准备夜饭。

我起身要走。小店老板拿着锅铲要打我的样子，这么夜了，在我家吃了饭再走吧。

我弓着腰退后，摆手，转身，离开。感觉后背背着的夜幕夹杂了炒菜的热气和香味。

走着，走着，我想在县城留宿一夜，第二天去老虎坑、西河桥、九龙潭等几个地方转转，那里也尘封着不少青春往事。把这些往事过一遍，是这次回乡之旅最大的收获，也是这些年最大的收获。要说它值多少钱，我想说——无价。因为，它让我仿佛又活了一回。这种感觉真好。感谢这次回乡之旅。

投宿一家类似"7天"的经济型连锁酒店，一个晚上一百一十八块。乡音问，乡音答，老板胖脸上的笑像冬天红火日头晒过的被子，暖和得很。房间窗户朝着路边，等待着最后一抹金色夕阳完美收场。床单洁白干净，墙壁刷着淡黄色，小平板电视，频道很齐全，还有免费网络，玻璃围着的洗澡间里叠着用塑料袋包着的浴巾。

在楼下要了个小炒。辣椒炒蛋，终于吃出了蛋的味道。到街上走了一圈，但毕竟是夜里，很多街口、建筑已无法辨认，自然无法找到跟自己有关联的记忆，便觉无聊起来，于是提前回到房间。

想写首诗。打开电脑，思绪万千，手落键盘，却打不出一个字。

太久没写诗了。十多年了。

把灯按熄，电脑屏幕的光显得特别亮，眼睛盯在上面，都快穿洞了，仍无一灵感。

我改成写散文，题目很自然地敲下四个字：回乡之旅。

所有的记忆涌上来。手指在跳舞。

手指在和记忆赛跑。

写到最酣畅处，突然咚咚巨响传来。咚咚，咚咚。我打开门，听出噪音来自隔壁。我敲开门，居然是酒店老板。还有三个男人。他们正在装一张桌子。桌子的腿掉了，重新钉上。老板堆着笑脸讲，不好意思，不好意思，马上好，马上好。

我退了出来，重坐电脑前。咚咚、咚咚，仍在响。我起身洗个澡。洗澡出来，还是咚咚、咚咚。

我坐不住了。再次敲开隔壁。他们还在弄那个桌子。腿还没钉上去。老板仍然是笑容满面，说的话没变，只是调了下顺序，马上好，马上好，不好意思，不好意思。

我没作声，干脆下楼买了包烟。抽了支，抽到一半，烟丝比干辣椒还呛，假烟，丢掉了。再回到房间，咚咚没有了，我重启思路，接着写。

刚一动手指，哗哗声传来。又是隔壁。哗哗声，是麻将在摩擦。他们钉好桌子是为了打麻将。边打麻将边高声嚷嚷。

这声音让我无法继续。烦死了。

我第三次敲开隔壁。不是老板开门，是另外一个瘦子。我说，哎呀，你们声音搞太大了。

瘦子讲的是广东白话，你讲咩？

老板用乡音接上，好的，好的，我喊他们小声点，小声点。老板用普通话说了一遍，小声一点，小声一点，吵到客人啦。

三个人摇头摆尾说，好的，好的。

想不到这个夜晚如此糟糕。因为他们根本就没小声，甚至喝起了酒！酒瓶子摔倒，滚在地板砖上发出的声音，穿过墙壁，进到我的房间，让人抓狂。

让人抓狂的声音还有外面的车流声。车好像一下子堆在了楼下。往窗外一望，全是小轿车，堵着，首尾相连，喇叭声不断。这景象，和城市一模一样。一整天积累的安宁与美好，荡然无存。

我第四次敲门。我想好了，那个老板，肯定又是堆着笑脸说，好的，好的。另外三个肯定附和，好的，好的。他妈的，都是假惺惺，皮笑肉不笑，对人基本的尊重都没有。

又是那个瘦子开门，一句广东脏话，在酒气中穿进我的耳里：丢，做咩？

火一下子被点着了，一拳冲出去，丢你妈。

两个男人呼哧围上来，把我按倒。老板一会儿说普通话一会儿说乡音，你吃了炸药啊，发这么大的火。

瘦子捂着脸冲我走过来，撩起袖子。

一步，两步，三步。就在瘦子要靠近我的时候，我不知道哪里来的蛮力，挣脱双臂，顺手捡起一个啤酒瓶，一个反手，朝着瘦子就是一酒瓶。瓶裂，人倒。

三个男人吓傻了。桌子上正好有三个酒瓶，我抓起，砰砰砰，三人一人给了一酒瓶！

无法描述的欲望

一

不能说，郭伟东一信佛，生活就完了，生活就没色彩了。你答应，佛都不答应。佛不是让人的生活一潭死水，佛应该是让生命精彩。

也不需要打上"×年后"的字样。那是电影。一句"×年后"就把×年轻易抹掉，仿佛那×年过的日子都不叫日子。哪个日子不叫日子？生活就是一秒接着一秒，一天接着一天，前赴后继，永不停歇。每时每刻，心潮都有起伏，事物都在变化。变化才是世界，世界就是变化。

郭伟东在寺庙里吃完第九九八十一顿斋饭后，下了山。他特意让副总老于先下山，在停车场等他，他随后就到。

郭伟东背着手，走得很慢。下山路顺着一条石涧小溪而蜿蜒，因为是一大早，路上几无香客，出奇地冷静。溪水白白，遇石头拐弯，遇峭壁则直冲而下。有落叶漂浮在水上。时间已经入秋了。

郭伟东心情一点也不纠结。就像溪水一样，遇石头拐弯，遇峭壁则直冲而下。自己进山将近三个月，把公司所有业务交给了同甘共苦十多年的兄弟、副总老于，他放心。现在公司出了大事，他自然要出面摆平。今天的下山，是为了明天的进山，想到这，郭伟东眉间一笑。

看到郭伟东背着手下来，不紧不慢，站在车边的老于也不好表现得太激动。老于太了解郭伟东了。有他在，事情就好办。

老于想起当年创业的时候，他们一起去泡妞，昏暗的歌厅里，突然他人就不见了，四处一找，原来这厮在酒吧外面的桌球边上，手里摇着半杯酒，正和一美女轻声低语、眉目传情。不一会儿，球枪交到他手里，两个人打起台球。郭伟东打得一手好球，尤其擅长打角度球，白球撞在桌沿上，反弹，弹到另外一边桌沿，再反弹，击中球，球再击中球，球慢慢滚动，速度越来越慢，在最后要停下来的那一刻，落袋，进了。任何一盘球，他都要卖弄一次，每次总能赢得阵阵掌声。掌声一起，就意味着美女也落袋了。假如对方技术也不错，那就尽情切磋，耍酷、耍帅，把女人的好胜心撩拨得奇痒无比。如果女孩水平很烂，那就上去教她，从身后贴上去、顶上去，在女孩的耳边轻柔地说着如何瞄准、如何出杆、如何发力，一边说一边往女孩的耳边吹着热气……接下来，结果如何，司马昭之心，路人皆知。

关于桌球一事，老于专门问过郭伟东，没见你练过桌球啊？郭伟东神秘一笑，偷偷练的，专门请了师傅教。为什么要练？就是为了泡妞。你观察到没有，越是高档的、情调好的酒吧，都特别分出一个安静区，清吧，供人聊天、休息。这个安静区基本上都会放一两张桌球，有的还会放斯诺克，靠，那么长，多占地方。图的是什么，就是要营造一种优雅。一些不愿蹦迪、不愿听歌手唱歌的女人，只好来到这里，抽烟，或者欣赏夜景。来酒吧却讨厌蹦迪、听歌的女人，本身就是很有味道的女人，一个比一个优雅，长裙拖地。勾搭上了，邀请打一两盘桌球，运动运动，健康又有品位。

老于一点也不怀疑郭伟东专门请了高手教授球技。他这个人就是这样子。一个老狐狸，无论是情场还是商场，城府很深，深不可测，测也白测。也是一只好胜的老狐狸，永远都不打无准备之战。赢的过程不动声色，赢的结果让你惊呼、佩服，一不小心还会爱上他。老于甚至觉得，郭伟东家里就摆了一张桌球，没事就练角度球。这太有可能了。

一张报纸铺在车屁股上。一看那标题字体比手指还粗，郭伟东就知道是发行量最大的早报。公司又上报了。

报道的标题是：

南国苑电梯空中坠落致孕妇流产

标题下面还有一行：

经查，电梯已过年检期限，酒店老板人间蒸发

报道上有一些红杠杠，是老于标记的。红杠杠画出的重点意思还是那两个：一、未年检，责任一目了然；二、记者致电酒店负责人郭伟东，电话始终处于关机，联系不上。

郭伟东收起报纸，钻进车里，问，网络上有什么反应？老于答，有！微博上有传，比较厉害，有人说要人肉搜索你。

郭伟东摸摸裤袋，这才发现自己手机压根没带。iPad带了吗？给我，打开微博！郭伟东直起身子，手已经伸向了老于。

接到平板电脑，郭伟东迅速浏览，嘴里同时问，深圳那几个意见领

袖发言了吗，转了吗？马上让办公室通知媒体，不是酒店的办公室，是公司的办公室，另外是所有媒体，每个媒体邀请三个人，一个主任、一个文字记者、一个摄影记者，来不来是他们的事，必须这么邀请！

老于立即把电话拨了出去。

还有，跟记者发信息不要说是新闻发布会，说是情况通报会，时间是……上午九点半，地点在公司会议室。另外，下午继续召开情况通报会，邀请对象是粉丝大户、意见领袖，时间不要定那么早，定在四点半，地点还是公司会议室！快，就这么定。

酒店受影响有多大？郭伟东又问。

很大。电梯封了一天。当晚就修好了，第二天几个部门过来检测，也通过了，可以正常使用。但这事谣言纷纷，影响没有消除。周末订出去的酒席全退了。

立即给酒店打电话，让他们立刻、马上挂出暂停营业、安全检测的告示，停业一个星期，不，半个月。

好。老于电话又拨出去了。

郭伟东看看表，又让老于打了第三个电话，现在我们去医院，看望伤者，路上有取款机取两万现金，鲜花、水果都买上。

电话打了，伤者情绪很大，说法庭上见，宁可一分钱不要，也要搞臭南国苑。郭伟东离电话那么远，都听清楚了。

去了再说。小童，车尽量开快点！

好，郭总！司机回答得很利索。

郭伟东当老板十多年，从最开始的包工头、创业，到后面公司越做越大，业务越来越多，装饰、酒店、超市、户外广告。类似的事故不多，但也没少过。去年，也是在南国苑酒店，一个员工夜班下班，一出酒店门就被车撞死，车主逃逸，员工家属要酒店赔钱，嫌赔少了，天天在酒店门口烧香哭闹。还有，一个大酒席，百来号人，喝完喜酒后回到家，个个肚子痛得打滚，一查，是醋熘肥肠霉菌超标，去医院看望，一个偌大的输液室，全是自己的客人，壮观得不得了。还有一次，安装户外广告，手下的员工嫌树枝挡住了牌子，为了给客户一个最好的效果，脑子没转弯，摸黑把高速公路边的七八棵景观树给腰斩了。未经报批，老天，这是侵犯国有财产啊！城管、路政、公安天一亮就找上门来，二话不说，要抓人。

惹祸的故事太多了，但最后都被一一摆平了。郭伟东有他自己的招。但这次有点悬。火力太猛。

到了医院。见到了伤者。

郭伟东自报家门，低头，不由自主地双手合十。我来晚了，对不起，给您和您的家人造成了伤害，对不起，向您道歉，也向您的家人道歉。一切责任由我们承担，我们绝不推脱一丝一毫。

郭伟东又从小童手里接过花篮和水果，摆在病床旁的小铁柜子上。水果篮上有两沓人民币。郭伟东说，这两万块是我作为酒店负责人的一点慰问，跟赔偿没有任何关系。

坐在床头的一个男人——孕妇的丈夫，站起来，吼道，你才过来道歉，我们已经请了律师了！滚蛋！

郭伟东说，我是个出家人，这几天一直在寺庙里，出事后，公司副总于先生第一时间去山上找我，但我去了另外一个山头，念经、打坐。我也没开手机。他们没找到我。来晚了，真的对不起。一切都是我们的错。

话好水也甜。伸手不打笑脸人。这两句古话，郭伟东从小听得最多，那是中国社会几千年留下来的处世经验。

你坐下说吧，反正事情都已经发生了。病床上的女子开口了，你们也不是故意的，但责任确实是在你们身上。

郭伟东听到身后的老于吐了口长长的气。这一个细小的动作，已经发生好多次了。两个老搭档，一个将，一个帅，商场上一前一后，一左一右，被人耍过，被人坑过，一路过来，建立了一个半大不小的商业王国。

接过小童递过的一只方凳，郭伟东坐下来，坐在床沿边边，顺手做了一个动作，把掉下床的半尺被子给披了起来。

孕妇的丈夫递交了一份起诉状。起诉状的关键部分自然是赔偿：一百万。

身后的老于显然是瞄到"一百万"这个数字，忍不住开口了，您要求的一百万是不是太多了点，您看这个新闻。

老于哗啦哗啦从 iPad 找出一则新闻，一字一句念起来，你看，我随便百度一下，这是二〇一一年十一月二十一日《北京晚报》的报道："三十七岁高龄孕妇王女士刚怀孕十余天，不幸被过路车辆撞倒受伤，住院接受大量药物治疗，不得不采取人工流产手术以终止早孕，遂起诉索赔。密云法院近日判决保险公司、肇事司机共赔付王女士十一万余元……"

别跟我说这些，一百万，少一分钱都没用。孕妇的丈夫梗着脖子。脖子上有颗瘊子，扁扁圆圆黑黑的，像沉默而怒气未消的眼珠子。

二十万。或者您再咨询下律师。咱们拿出一个大家都能接受的数，您看，行吗？老于问。

不行。瘊子嘴唇嚅动了一下。

郭伟东把目光移开起诉状，看了看窗外。

花篮的鲜花遇见清晨的阳光，清香开始释放，一点一点地沁入人的心脾，心似乎也在慢慢地打开。医院总能给人宁静的感觉。郭伟东想起自己一个人住院的时候，洁白的四面墙，镂空的白色窗纱迎一缕晨风荡漾，那种四处一片白的感觉，真的让人怀念，宁静而唯美。

行了，于总。就按他们说的办，一百万。九点一上班，立即交代财务办理。郭伟东没有立即站起来，手再次掖着被子，像在部队里叠军被一样，细细地整理着，然后慢慢抬头看着床上的女子，说，这是我们应该承担的责任，谢谢您，我也再次表示道歉，给您和您的家人造成这么大的伤害，希望您有机会继续到南国苑做客。

说完，郭伟东起身，双手合十，鞠躬。

回到公司，正好九点。

公司的写字楼租在一栋美术馆的顶层。这个美术馆不是官方的，是一家艺术奢侈品专营公司运作的，格调十分高雅。青砖、白墙、竹林、池塘、荷花，就这几样东西，简简单单地让这片不算大的空间，有了禅的味道。

公司的中层、一些员工早早到了办公室，似乎都在等待郭伟东的出现。郭伟东没说什么，坐进自己的办公室里。他有点不习惯，习惯性地想盘起腿来。

他希望，事情赶紧处理完，他想回到山里去。

第一场情况通报会。

所有媒体都到了，早报、日报、晚报、都市报、商报、新闻周刊、电台、电视、新闻网。近四十人，圆桌会议室挤得满满当当的了，要不要换到大会议室？九点二十分，公司负责宣传的小金，敲开董事长办公室，急促促地问郭伟东。

挤一点，气氛正好。郭伟东说，记得每人一瓶矿泉水要发到，不要摆水果，更不要留饭、给红包。这次不同以往。

九点三十分，一秒不差，郭伟东推开圆桌会议室的门。

第一步，自报家门。

镁光灯起，咔嚓声起。这镁光灯、咔嚓声，可以让人陶醉，也可以让人恐惧。但郭伟东觉得那就是一个照相机的工作程序而已。因为郭伟东心里早有底了。在他看来，和伤者的谈判是解决一切问题的基础。赔偿是本，媒体是末。他没有舍本求末。

第二步，出示一个小时前在医院病房与伤者达成的赔偿协议，以及现场双方签名的两张照片。

第三步，出示南国苑酒店主动停业、全方位自查自纠十五天的告示。

第四步，出示质量技术监督局、安全生产监察办等部门开具的处罚单、缴纳罚款证明，以及现场检查、检测、调试正常的照片和合格证明。

第五步，解释事发当日，自己人在山上寺庙，手机处于关机状态。

有记者提问，有何证明你在寺庙里？郭伟东说，我早准备好了，大屏幕上的这个电话是寺庙方丈办公室的电话，事发当日，我还和他见了一面，是他告诉我对面的一个山头上有一处不错的修行地。八十一天前，我上的山，今早我下的山，其间，一直在山上，上山下山都有监控录像，有必要时，也可以调出来证明。

四十分钟的情况说明会顺利结束。郭伟东回到办公室，打开一个新闻网站，果然，公司通报的几个情况已经上网了。记者还连线伤者，证实已经收到赔付一百万。

再刷新几家报纸、电视台的官方微博，也都做了现场直播。

没有夸大，没有曲解，没有炒作，甚好甚好。

有家网站的标题，稍稍有点跑偏。它写的是：

南国苑老板已出家，无心经营生意场

这是哪儿跟哪儿。

中午，郭伟东请全体员工到隔壁的西餐厅吃自助。大家从网络、微博报道的情况看，得知危机算是过去了大半。大家也显得很兴奋，自助拿饭菜时，个个都轻声问候这位"出家人"老板，充满了敬佩。

老于和郭伟东，坐在一个角落里。老于问，怎么答应那么爽快，一百万哪！

郭伟东松懈下来，耷拉个肩，半天吐出一句话，该大方时要大方。夜长梦多，不好。

老于是懂的，这个。只是觉得大方过头了点。

负责宣传的小金端着个盘子，找不到位子坐。郭伟东喊了一声。小伙子坐了过来，用一副崇拜的眼神看着老板，连续发问：为什么说圆桌会议室挤一点气氛更好？为什么不留饭、不给红包？

郭伟东把一块鸡翅夹给了小金，看了老于一眼说，这个问题让于总替我回答。

老于哈哈一笑，说，这是负面新闻通报会，空间狭小，人与人面对面的距离短，有一种压迫感，大家的注意力会更集中。我们说的话，记者会听得认真，不会断章取义，这样会议开下来效率很高、效果也很好。如果你把大家叫到天台的花园去，那岂不完蛋了。

拉到天台花园，那不叫通报会，那叫相亲交友会，哈哈。郭伟东补了一句。

老于继续说，这种会，当然不能留饭，更不能给红包。你留了、给了，人家会觉得你在贿赂记者。记者带你一笔，说，出事的公司还给了封口费，但被媒体严正拒绝，那不是搬起石头砸自己的脚？

那为什么下午还要召开微博粉丝大户、意见领袖的通报会？小金又问。

郭伟东回答了这个问题，因为这些粉丝大户、意见领袖不少是各行各业的精英、总监、CEO、董事长，他们是成功人士，有闲、有钱、有思想，关注公共领域，既然我们已经把善后工作做好了，请他们过来怕什么，没准还可以交个朋友，以后就是商业伙伴了。

所以要把时间安排在下午四点半，通报完，聊聊天，正好是吃饭时间……小金反应过来。

恭喜你，答对了。

那人家会来吗？小金反问。

该来的，总会来的。郭伟东神秘一笑，就像你泡妞，有时用尽手段，泡不到，有时不理不睬无所谓，嘿，妞来了。哈哈哈。

大老板这么一开玩笑，小金有点不知所措。

二

面上的工作基本做完。电梯修好，检测通过。该打点的部门打点了，该说好话的老关系说好话了。媒体通报会效果明显，报纸、电视不再后续报道，网络上虽然拦不住，但也多是些借题发挥的，有的谈到企业责任，有的谈到如何做好危机公关，有的回忆电梯惊魂往事，有的议论孕妇日常安全保护……焦点转移了。

现在关键是南国苑的营业问题。怎么消除消费者的阴影？这可不是一次通报会、一次大方赔付能解决的问题。

所以，郭伟东让酒店主动告示停业十五天，一方面是彰显酒店对此次事故的重视，另一方面也是给自己一些时间做出更好的对策。

重新开业第一天，客人一定一定是很少的，消费者的心理永远是宁可信其有，不愿信其无。凭什么你说电梯安全就安全了，万一事故重演，别说空中坠落，就是停在半空，也够吓人的。你说打折、优惠，你就是白吃白住，顾客也未必就蜂拥而至。能来得起酒店的，都不是贪小便宜的人。郭伟东思考问题，喜欢把结果想到最坏，最坏的结果就是，重新开业，门可罗雀，一天两天三天，持续下去一周，越不行就越不行，恶性循环。竞争对手伺机一发力，推出新服务、优惠、打折让利，自己的员工一跳槽、一懈怠，懈怠最容易出问题，酒店说垮掉就垮掉……

不是没有可能。郭伟东看多了。多少商业伙伴错一步全部错。商场就是这样子，你必须想到最坏的结局，然后尽力避免，你不能走一步看一步。不能等，必须提前布局，运筹帷幄。商场不像情场，情场是男人与女人之间的心理暗战。心理，这东西最大的特点就是没有特点，随性而起，阴晴不定，捉摸不透。关键是，他妈的，你还分不出谁胜谁败，最后谁泡了谁。

必须要把恢复营业头几天的场面做起来。

场面太重要了。

场面是给自己看的，是给员工看的，是给竞争对手看的，是给消费者看的。

场面就是信心。

场面就是影响力。

场面就是生产力。

郭伟东再联想到泡妞。为什么酒吧里多少公子哥一坐下来，啪的一声，一把车钥匙摆在桌子上，精神百倍，容光焕发。那是因为车钥匙上刻着醒目的标志，奔驰、宝马。这钥匙一放，场面就来了，胆壮起来，挥舞起来，见谁都是孙子，更何况一小姐。

一切围绕场面动了起来。

有关部门自不必说，质量技术监督、工商、派出所、消防、环保、劳动保障，这些本来就有业务联系的，他们的头头脑脑、一把手二把手，少不了。县官不如现管，一些直接办事的要害处室、科室，更得"另行处理"，比如特种行业处、相关协会、街道安监办。这些部门级别不高，但随便卡你一下，你哭都哭不出来。

定下要请的部门后，郭伟东吓了一跳，有两三年没请这些官老爷了，这次一定要把关系拉回来。再不拉回来，是要出大事的。

郭伟东深谙此道，提前三天逐个办公室去拜访，提交整改报告，有图有真相。文字尽量少，图占主要。图为现场图，还分整改前、整改后。聆听一番官腔之后，郭伟东送上邀请函。邀请函写着：南国苑酒店整改现场汇报会。

企业主动请求各个部门联合检查。只有这样，才能一呼啦把十几个部门的领导请过来，坐在一张桌子上，谈工作，谈社会，谈人生，谈交情。再说了，不这样，一个领导一个领导地宴请，那战线得拉多长？成本太大。而且，领导未必赏光，因为一次请一个，那不是公事，是私人来往。当官的，最忌讳和关系一般的企业家私下吃饭喝酒，那饭吃得不清不楚，酒喝得不明不白的。

整改汇报会，开得很成功。这成功不是说请的人都出席了，而是酒店确实有了实实在在的变化。郭伟东是花了真金白银的，借电梯事故，把酒店全方位整了一遍。比如，楼梯坡度问题、洗手间防滑问题、宴会厅舞台电路问题、厨房消防问题、摄像头监控死角问题，等等。这些问题都出现过大小不一的问题，如今都清理了一遍。局长、副局长、处长、科长们看了之后，心里也很开心。这也是他们的工作职责。

工作开心，生活就开心。当晚的酒席异常欢乐，完全是郭伟东为这些官员开了一个社交派对。为了避嫌，酒席没有安排在南国苑里，而是在另外一家比南国苑更高档的酒店里。酒过三巡，局长们互相推搡在一起，称赞郭伟东这个汇报会组织得好、组织得及时。郭伟东一边谦虚着，一边给每人递上一张卡，持这张卡到南国苑消费，一律五折，不记名，见卡有效。

郭伟东心里有数，只要这些人来，哪怕是他们的太太或是情人，酒店就有赚。因为南国苑粤悦酒楼有两样最出名：食材最真最出名、价格最贵最出名。

官老爷的吃请一完成，意味着憋了十五天的南国苑，真的可以恢复营业了。

第二战，开业头三天的场面。

做服务业，甭管是打折，还是白送，你得有人来。人永远是最重要的。葛优说，二十一世纪，人才最重要。太啰唆了，简洁点，人最重要。

去哪里找人？

再说土一点，去哪里找老板？因为吃得起粤悦酒楼的，非官即富，而官，不是说你想找就找的。富，只有找老板。

像传销一样，先从熟人下手。第一个电话打给自己的多年老友——

田其方。

老田和自己的经历、身世大同小异，都是从农村出来，学历没多高，但自命不凡，闯出一条血路。老田最早来深圳时，是个木匠，帮人打家具，手艺很好，结果被老板看中了，请到厂里来，专门做仿古的家具，纯手工。两年后，老板发了，老田有了本钱，也单干了。家具起家，然后在偏远的工业区里开网吧、开超市、承包食堂，每个打工仔打工妹的工资有三分之一都流进了老田的荷包。后来房地产起来了，老田开起了建材市场。房地产调控了，又开始收购旧工厂的物业，修修改改，穿衣戴帽，租出去，成了现在最时髦的创意产业园区。

郭伟东偶尔开老田的玩笑，你是时代的弄潮儿，永远屹立在潮头浪尖上。

虽然这两三年很少见面，但一个电话打过去，老田还是很快奔了过来。老田说，我来捧场没问题，以后公司所有的宴请都定在南国苑，但这也不够啊。

郭伟东说，那你得帮我想办法。

哈哈，我是带着办法来的。老田从屁股裤袋里抽出一张报纸，展开，你看这个报道。

这是一个比豆腐块还小的"豆腐块"：

企业反映困难的渠道拓宽了

本报讯（记者　钟润生·）

昨日，我市首个街道商会党代表工作室，在新井商会揭牌。

新井商会党代表工作室旨在拓宽服务企业平台，由党代表听取企业的意见或困难，为企业提供帮助。每周一固定为党代表接访、走访时间，每月组织党代表接访不少于三次。在接访、走访过程中，党代表将当场解释、答复或解决企业提出的问题；对于当时无法解决的，党代表将提出处理意见，转交相关部门限期办理落实。

新井商会？

想起来了，郭伟东的南国实业公司就是新井商会的会员。这还是老田介绍入会的。老田是新井商会的理事。新井是个很郊区很郊区的街道，地头蛮大。五六年前了，老田在新井街道有很多产业，入乡随俗，自然加入了当地的商会。一次慈善捐助会上，老田把郭伟东介绍给了新井商会的会长——一个本地人——季宏达先生。季宏达先生当场邀请郭伟东加入商会，互相扶持，共同发展。一个百利无一害的事，郭伟东现场就填了入会表。

老田说话了，别看这个报道小，但新井商会现在牛得不得了。几年工夫，季会长打通各种人脉资源，给会员企业争取了很多实实在在的福利，比如说，打报告给政府，整治工业园区周边的交通、环境，修人行天桥，简化企业报关手续等。越来越多有料的企业加入进来，现在小公司小厂，想入会还进不去呢。

郭伟东明白办法在哪里了。拜访会长，让会员老板们帮衬困难企业——南国公司。

就是这个办法，明天我陪你一起去找会长。老田爽快、义气的性格一直没变。

郭伟东留老田吃饭。老田问，就我们两老男人？

是啊。

那多没劲。等下，我叫个妹妹。

菜都上来了，妹妹才带了一个妹妹，敲门而进。

两个看上去三十出头的妹妹，主动介绍，我叫湛湛，我叫明明，并且递上名片。湛湛是一家广告公司的老总，一看就是那种有什么业务做什么业务的小公司。明明在一家房地产公司里做策划。

从眼神即可看出，老田和湛湛是一对。两人坐在一起，男人给女人夹着菜，女人给男人递着纸巾。女人的裙子胸开得很低，男人隔三差五搂搂女人的腰。

郭伟东觉得特别无趣，嘴里的食物，总好像有一粒沙子，嚼着无味，而且不管再怎么注意，都会咯咯地响，防不胜防。

一顿饭下来，郭伟东感觉自己在做梦。眼前一米处，是湛湛性感的胸、一对男女的调情。但这些似乎成了空气，一点也没有刺激到自己。明明走近来敬酒，那也是一身凹凸。她穿的是严谨保守的西装工服，但胸前鼓出来的却是呼呼的诱惑和挑战。这也没让郭伟东起半点涟漪。女色、性、欲，好像已经飞出了自己的身体。

这让人紧张。郭伟东手禁不住搭在自己的双腿间，抓了抓。软软的，还在。郭伟东以为自己成了太监。

三

想不到季宏达还记得郭伟东。

好久不见啊，郭老弟。一双大手握过来，冰凉、生硬，但很有力。

入会这么多年，还是第一次拜会会长，还请多多海涵。郭伟东弯腰抱拳，而且会长还记得小弟，三生有幸三生有幸。

兄弟，别客套。没来拜访我，说明你生意忙，这是好事，也是商会的好事。另外，你是才子，我知道你会写小说。在我们商会里，你是文化人，你加入商会，是商会三生有幸，也是我三生有幸。

郭伟东愣住了，还有人知道他写小说？从哪里得知的？郭伟东不好追问。追问就显得矫情了。

老田开门见山了，把南国苑酒店的事情、郭伟东的难处三言两语就讲清楚了。郭伟东欠了欠身，补了一句，无事不登三宝殿，初次拜访就有求会长，真是不好意思。

郭老弟，你这么说就见外了，都是一家人。首先我要跟你说，我很喜欢你的这种作风，排场，一定要排场，否则竞争对手会偷冷笑。我支持你！会长始终面带微笑，仿佛没有任何事难得住他。如果他长得胖一点，活脱脱一个弥勒佛。

会长把商会办公室的主任喊了进来，要求把第二天联谊会地点改在南国苑。

趁会长交代的时候，郭伟东环顾了下会长办公室。房间很大，但东西很少。迎面墙上是一幅草书，辨认了很久，方知是"据梧"二字。除了这两个字，没有多余字画。沙发背靠的书柜上，古书居多，四书五经，但排列得并不整齐，给人感觉，这些书经常被主人取用。书柜里有一排吊着的毛笔和一沓宣纸。

没有领导题词、牌匾、证书、奖杯；没有"天道酬勤""上善若水"；没有"骏马图""花开富贵"。这间办公室，非同一般。

全部交代好了，明天晚上，新井商会一百一十六个会员企业的老板，全到你们酒店开会，开我们这个月的会员联谊会。不用打折，该怎么收费就怎么收费。会长两手把在沙发背脊上，说得既轻松又坚决。

事情已经解决，再多解释或再多感谢，就显得无趣了。郭伟东岔开话题，问起"据梧"两字。会长一把拉起郭伟东，站到墙下，对郭伟东跷起大拇指，你有两下子，你是第一个认出是"据梧"的，啥意思，据，占据，就是占有、拥有的意思；梧呢，梧桐木，梧桐木干吗的？古时梧桐木是做琴的，因为它很轻嘛。据梧，就是虽然怀里抱着一截梧桐木，但其实就是抱着一把琴，心境悠远，雅从心生。

一番解释，让郭伟东吸了口冷气。这个会长，不一般。

南国苑恢复营业，旗开得胜。

说是一百一十六个会员企业的老板来，其实加上司机、随从，宴会大厅至少坐了两百人。一辆辆豪车鱼贯而入，停车场满了，只好停酒店门口路边上。车里后排走出来的大小老板，一个比一个有派头，西装革履，皮鞋锃亮，趾高气扬。郭伟东要的就是这个气势，这个排场。

倒是季会长低调，黑夹克、白衬衫，这是公务员官员的常规装扮。

众老板见会长驾到，纷纷上前握手。有一年轻小伙子上前打趣说，会长，老帅老帅了。

会长假装怒气冲冲，我是帅，不是老帅。

引得大家哈哈大笑。

要说泡妞，你不一定泡得过我。

又是一阵大笑。

那晚的气氛，比宴请官员那晚还好。企业家和官员都一样，需要互相认识，互相帮衬，互相给面子，资源共享，共创未来。官员说话有时候需要隐晦、克制，企业家完全是无拘无束。

兄弟，有钱大家一起赚。干！

干，有钱一起赚！有妞一起泡！

碰杯声交错四起。现在都流行喝红酒，在这种场合下，巨大的酒杯，轻轻一撞，撞出的不是优雅，而是豪迈。

向会长敬酒。

会长笑容永不变，说，我刚才趁着上厕所的时候，出去走了一圈，对面几家酒楼、酒店，都黯然失色，你还是镇住了他们。

郭伟东先干为敬。

会长仰脖喝完后，又说，啥都别说了，据梧，哈哈哈……下次你要参加我们的活动，兄弟们很好玩的，有钱大家一起赚，有妞你们泡，我泡不动了，哈哈哈。

南国苑事件，在盛大的排场中，结束了。元气迅速恢复，生意火苗一样往上蹿。头一个礼拜，老于每天晚上都把当晚的营业数字发过来，看到第八天，郭伟东回了一句话：这一页，翻过去了。

新的一页，打开了。

如果没有南国苑事件，郭伟东不会打开这新的一页。南国苑事件，让郭伟东乘着习习晨风，走下山来，进入熙攘闹市，滚滚红尘，见旧友，识新朋。老田、会长，还有那个大低胸的湛湛、鼓乎乎的明明，还有名片上印着各色总经理、董事长的商会副会长、常务副会长、理事、常务理事、会员……看他们谈起生意来，眉飞色舞，红光满面，仿佛一伸手，抓一把空气，再打开，就是一沓钞票。听他们谈起女人，妙趣横生，回味无穷，就像活在西游记里，故事一开讲，就是女儿国。

这多么熟悉而陌生的情景啊。

四

生意上的朋友，不来往则已，一来往，就像正负极接上了电，源源不断的交流就来了。当然，每次交流不一定是要谈生意。现代人都知道一句话，先交朋友，再谈生意。更何况，这些人都是有了一定家业的人，少说千万，多则数亿，谈不成哪单生意也不会饿死。

新井商会每月一期的会员联谊会到了。就是会长不发短信来邀请，郭伟东也必须是要去的。滴水之恩，涌泉相报，这是郭伟东在生意场上的一个做人准则。

这次联谊会去的是省内的一个温泉度假村，整整一个周末，两天两夜。老板们的时间都金贵得很，郭伟东以为这次活动，应该没多少人。可到了商会楼下，一看，三台豪华大巴稳稳停在楼下，一二三编着号。走上车，车里近乎满座。

郭伟东和商会办公室的主任小丁坐在一起。小丁一张娃娃脸，玉树临风，仔细一问，方知也快过四十了。小丁早期是会长的司机，因为态度和蔼、手脚勤快、懂得随机应变，后来当了主任，安排商会大小活动。小丁说，这次来了八十多个老板，不算多，主要是因为圣诞节快到了，很多做礼品出口的老板正忙着发货。

会长也坐在这台大巴上，坐在最前头。有他在，总是最热闹，难怪车上一个空座都没落下。会长等车一开稳，抢过导游小姐的麦克风，导游小姐，你不用跟我们介绍温泉啦，我们这次不是去泡温泉，我们是去泡妞。

大家哈哈一乐。

导游小姐要的就是嘴皮子，不让着，说，我们去的可是正规的温泉，泡妞，不行，泡方便面，可以。

那我们就只好泡你啰。会长反扭着身子，面向大家。

大家一阵起哄，会长先泡。

好。会长撩起衣袖，下面，我为我们美丽的导游小姐献歌一首，《掀起你的盖头来》。大家鼓掌。

大家打着拍子，和着会长四处走调的歌声，一片欢腾。

小丁告诉郭伟东，新井这个小小商会，为什么能凝聚这么多企业家，市里任何大小捐款、地震、水灾，新井商会是最给力的，搞什么活动，一声令下，大家都到场，从来不拖拖拉拉。这都跟会长的性格有关，开朗，为大家着想。上次联谊会拉到你的酒店开，其实最早是定在商会自己办的酒店里，为了给你造排场，硬是在最后一天改了地点。

路途还有点遥远。车行两个小时后，中途下车休息。加油站宽阔的停车场上，站满了一个个身家不菲的老板、企业家。大部分是男的，但也有女同志，大约七八个吧。有的见过，有的没见过。这些男男女女，大部分和自己一样，四十出头，年纪最大的估计也就是会长了。会长多少岁？六十几？也有年轻的，看那潮到爆的发型，三十出头吧。做什么生意，年纪轻轻，就做到这个份上了？郭伟东免不了一阵猜测。

老板们三人一群，五人一堆，神色松弛，或蹲或站，或叼着烟，或吐着口水，一看就是老熟人。

会长招呼郭伟东过去，并向周围的几个老板介绍郭伟东的情况，郭总，我们南国苑酒店的老板，全深圳，就他的鲍鱼、鱼翅卖得最贵，为什么，人家是文化人，会写小说呢。

这个介绍让郭伟东有点难为情，只好尴尬地笑笑。

围在会长周围的几个老板，都是车上最爱开玩笑的几个人。其中一个说，文化人，泡妞最厉害，杀人不见血，搞完之后女人还倒贴，崇拜崇拜。

会长说，吴总，我看你也很厉害，今天怎么不带你的妞过来。

这个被称为吴总的人，来了个声东击西，扭头问另外一个人，秦总，会长问你今天怎么不带妞过来。

向会长汇报，妞，正在路上，正在路上，要多少，要不要追加……

哈哈哈。秦总搂过会长的肩，笑得很诡异。

老板之间的联谊会，无非就两主题：生意和玩乐。

生意在酒桌上，材料商、经销商、零售、批发、中介服务、包装、推广，任何人都可以发生联系，都互相有需要。近期有合作的，先搞在了一起，谈价钱，谈货源，谈中转，谈分工，谈整合，谈外包。以后要合作，想放长线钓大鱼的，谈政策，谈时局，谈关系，谈资源，谈人脉，谈规划，谈策略。各有所需，忙乎一团。

也谈玩乐。新的菜、新的酒、新的牌局、新的赌场、新的高尔夫场、新的出国游、新的艳遇、新的美女、新的玩法。有很多人谈着谈着，就实践了起来，走，三缺一；走，斗地主；走，开大小。

也有对赌博不感兴趣的。老板中，能做起来的，应该有一半人都不爱好这个。郭伟东就不爱这个。对于赌博，谈不上有多警觉，有多纯洁，而是天生不爱这个，抓起牌，看着那些麻麻点点，头先大了。天生免疫，无关情操。

不感兴趣的人分头散去，回房。

三人共一栋两层别墅。楼下是客厅，附带一间房。楼上有两间房，带露台。一楼后门推开，是个小院子，小院子中央镶着一池温泉。

巧的是，半路认识的吴总、秦总和郭伟东分在一栋别墅里。

吴总、秦总、郭伟东都不爱打牌，摇头晃脑，聚在了沙发上。

听口音，两人都是广东人。不知是坐车坐累了，还是酒喝得有点多，两人瘫在沙发上，先是嘟嘟囔囔、骂骂咧咧，然后瞬间鼾声四起，口水直流，死猪一般。

嗬，能吃能睡，好厉害。

郭伟东没沾酒，也懒得上楼，直接把一楼的客房占了。看了会儿电视，觉得无趣，裹了个浴巾，路过客厅，跳进了温泉池。

吴总、秦总，睡得快，醒得快。郭伟东就这么一经过，他们醒了。脱光身子，扯了个毛巾，他们也跟着进了温泉池。

三个老男人赤裸相见，倒没有啥不妥。热气升腾，硫磺味重。温泉把人泡得松弛而懒散。隔着白气，三个人各占一角，闲聊起来。

郭总，接下来有啥节目？吴总问。

听吴总安排，呵呵呵。郭伟东应着。

听我安排个屌。吴总说。

就是安排个屌啊，哈哈哈。秦总接话，不要错失良机啊，这么浪漫的地方，老婆又不在。

没出息。吴总用温泉洗了把脸，老婆在，一样搞。是不是，郭总？

郭伟东呵呵不答。

就在这时，温泉池边上嘟嘟响起音乐声，配合旋律变化，还有一盏小红灯闪啊闪的。有个女声传出来，先生，我是桑拿部长，先生，需要服务吗？

进来！吴总喊道。喊完，意识门是反锁的，立马跳出池子，光屁股跑去开门，然后又缩回温泉里。

一个穿黑西装制服的女子带了一队小姐进来。部长按了一个开关，埋伏在池子边的一圈彩灯亮了，情调一下子出来了。五六个小姐一律穿着学生装，苏格兰小短裙、白上衣，打着小领带。糟糕的是，几个小姐都穿着橡胶拖鞋。

吴总、秦总都没正眼瞧就挥手打发了出去。

穿个拖鞋接客，什么服务！吴总说。

这么偏的鬼地方，还有制服诱惑，已经很与时俱进了。秦总说。

诱惑个鬼。吴总潜在温泉里，突然起身，水哗啦地被扯起来，落下去。兄弟，还是自力更生吧。

吴总、秦总上楼、回房。郭伟东继续泡。

一会儿，吴总打电话的声音出现在露台上。

电话里的吴总，深情款款，声音像挂在栏杆上，酥软得不行。

宝贝，快，等你。

挂掉电话半分钟后，吴总声音又响起。这会儿是董事长的口吻，现在，马上，去接一个人，送到温泉山庄来，她的电话你记下来……

声音像火烧了眉毛，另加滚水烫伤了脚背。

一会儿，秦总也从房里走出来，把头伸在露台外，喊郭伟东上去喝茶。

自觉没事，也不好失礼，郭伟东换了个睡衣上去。

上等好茶，陈年普洱。

想不到秦总自己还带茶叶上山，够讲究啊！郭伟东握着茶饼。云南古镇易武普洱，千年古树采摘下来，一小饼不要一万也得八千。

到了这个岁数要讲究了，不瞒你说，毛巾、浴巾、牙刷、杯子、厕所纸巾、拖鞋、床单、被单，我都自己带，到再高档的酒店都不行，必须用自己的。

秦总指了指床下一个大行李箱，半边拉链拉开，鼓鼓翘翘的。

没见过你这么麻烦的人，我就不讲究了。这么多年打打杀杀都过来了，该来的就让它来吧，怕个屌。吴总说。

就是怕个屌啊。谁知道这些酒店干不干净，染上病那就完蛋了。

秦总说得有道理，你看那些小姐，妈的，穿个拖鞋，踩着水，吧嗒吧嗒的，什么素质。郭伟东接了一句。

三个老男人聊了起来。一聊，大家情况都大同小异，年纪相当，正规大学没读过，苦哈哈的穷苦家庭出身，二十啷当岁闯深圳。住十元店，吃最便宜的快餐，被人看不起，扫地出门。凭着一点点手艺或者一个小机会，白手起家。白天躲工商城管，晚上害怕客户跑掉。家业一点一点积攒起来，开厂开公司，求人送礼搞关系，跌倒、爬起，雪球越滚越大，最后变成大老板。奔驰、宝马、大房子，孩子送出国，要什么给什么。以前是四处求人，现在是四处躲人。八竿子打不着的人都露面了。喊你赞助希望工程的，喊你担任各种评委的，送你私人游艇会籍的，送你 MBA 精品课程的，让你当经济顾问的，让你当政协委员的。什么都有，只要给赞助、给产品、给订单、给生意。

你老婆在哪里？吴总突然问郭伟东。

离了。郭伟东实话实说。

离了好啊！吴总一个巴掌冲郭伟东的大腿拍下来，那力道之大，证实了吴总最早确实是在山上打过石头的。

你们两人呢，什么情况？郭伟东问。

秦总的老婆，五年前就陪儿子去了加拿大。一儿一女，在国外都没有继承秦家祖传的酿酒手艺，反而两个人都弹得一手好钢琴，大儿子刚刚拿了个国际大奖。守着有出息的孩子，老婆全身心扑了上去，又是保姆，又是经纪人。秦总不打电话到加拿大，老婆绝对不会打电话回来。

吴总的儿子，四年前去的澳洲。老婆在澳洲待了半年就回国了。原因一个是不习惯，另外一个是和儿子合不来，管得太严，母子俩老吵架。老婆回来后，死性不改，把对儿子的严格管理转移到丈夫身上。最早开厂时，老婆就是以严格管理出名的，员工私下里叫她"铁面包婆"。老婆姓包。严格管理对工厂有用，但用在儿子、丈夫身上，就起反作用了。老婆在澳洲和儿子吵，回到国内和丈夫吵。

压迫越大，反抗越大，他妈的，这话谁说的，真是说得经典。吴总谈到自己的处境，一脸的悲壮。天天都要斗智斗勇，今天上演《无间道》，明天上演《潜伏》。

小心你老婆请私人侦探。秦总换了一泡茶叶，斜着眼看着吴总。

完全有可能。郭伟东觉得吴总就是当年的自己，当年前妻岳月红不就请过私家侦探跟踪他吗？

那我就反侦探。妈的，有时候真的想找个小靓仔去勾引我老婆，然后被我捉奸在床，扯平了，天下太平了。吴总说得咬牙切齿。郭伟东和秦总并不觉得惊讶，呵呵一笑。

秦总说，你这点小伎俩算个屁。我那天在一个报纸上看一篇文章说，夫妻之间，每个人都有过想要杀死对方的念头，这个念头还不是一次两次哦，是上百次。

这个说法，倒让吴总吃了一惊。吴总说，杀死倒不至于，就是烦啊。天下男人哪个不喜欢乱搞，老夫老妻一张床睡了几十年，搞来搞去就那几个动作，还要搞，没人性！谁他妈定的结婚制度！你们俩，一个老婆在十万八千里外，一个离了，你们不了解我的痛苦，要命啊。

秦总的手机嘀嘀响了。秦总去床头拿手机的时候，吴总的手机又响了。郭伟东一看手机，三个老男人居然胡吹海聊了三个小时。

吴总、秦总同时收了手机，面露悦色。

他们的女人到了。

连夜，司机把女人送到了。

五

两个女人，出现在三个老男人的面前。还有两个小伙子，穿着整洁，看上去很精干的样子。小伙子问了声，老板好，然后就退了出去。

两个姿色绝对上上等的女人。

其中一个的着装，居然和刚才推门进来的小姐一个款，但任何事重在细节，看衣服穿在谁身上。两根白葱一样的腿，在苏格兰短裙的"遮掩"下，更白更长更美。腿下是一双细跟黑色高跟鞋，把小腿衬得更直更修长。上衣是白衬衣，倒没有那半截小领带，两坨鼓胀的肉把文胸的颜色、花纹顶得一览无遗。一头茂盛的卷发，让你分不清，她是要搞成学生妹的型，还是成熟白领的味道。

这是秦总的菜。

另外一个的打扮则直截了当些，一袭已经拖地的宝蓝色长裙，手里盈盈握着一个闪亮闪亮的包，像是刚参加一场盛大的红毯走秀回来。晚礼服总是这样，一方面浪费大片大片的布料，包裹着、摇曳着；另一方面，又在前胸后背处做吝啬状，大露背，高低胸。优雅中有性感，性感中有优雅。

这是吴总的爱。

这是娜娜。秦总介绍。

这是冰冰。吴总介绍。

娜娜、冰冰，冰冰、娜娜。郭伟东发现，游戏场上的女人永远都是这些名字，还有芳芳、婷婷、玲玲、萍萍，等等。

收回小差，郭伟东起身告辞，不打扰人家的好戏。

可吴总、秦总却死活不让郭伟东走。

走走走，K歌去。吴总拉住郭伟东。

就是嘛，一起去玩玩，早着呢。两个女人上来帮腔。秦总的娜娜居然手舞足蹈，我刚学会了一首歌，唱给郭总听。

午夜十二点，度假村的夜总会正是火爆的时候。进进出出的人，不少居然披着浴袍，有的女人呼啦啦地跑，头发甩出温泉水。

开最大的房，要最贵的酒。见到如此阔绰的老板，黑西装部长风骚得很，当着冰冰的面和吴总发嗲、撒娇。吴总没多大兴趣，却不忘抓了一把部长的屁股，又说，把最漂亮的小姐都带进来。

一队小姐进来，郭伟东才意识到，吴总要给他安排小姐。郭伟东突然觉得，大大咧咧的吴总是个很讲义气的人，粗中有细，令人感动。难怪他的生意做这么大。

进了这种地方，就不好拒绝。拒绝，会让吴总觉得你郭伟东故意在我面前装清高、分层次。无论官员、商人，进了包房，大家都是来玩的。至于真玩、假玩，那是你的事。但你不能不玩。你一个人不玩，大家都跟着你不玩，你就是汤里的老鼠屎。这是江湖规矩。

郭伟东当然懂。

秦总在一边帮参考，哇哇哇，全是美女，一个比一个有味道。

吴总凑过来，郭总，你可以选两个啊，只要你愿意，包下来也没问题，今晚我请客。

夜总会的姑娘就是夜总会的姑娘，比敲门陪洗温泉的小姐高了不知道多少个档次。

郭伟东一眼就看中了一个姑娘。这姑娘分明就是当年的初恋情人、班花邱菊嘛。那高高束起的马尾巴，高高的额头，坐下来一看，嘴角还有一个小痣。这张脸让郭伟东分了神，有点时光倒流的味道。可一全身打量这姑娘，郭伟东脑子瞬间僵化，啥也想不起来了。

姑娘穿的完全是一身透视装。坐近了，透视装里的黑文胸、黑内裤一目了然。

年轻时的邱菊可不是这样。

三男三女，阴阳平衡。

平衡了，才算开玩。八仙过海，各玩各的。爱怎么嗨怎么嗨，想怎么搞怎么搞。

吴总是个跑调大王，唱来唱去就那几首歌，《小白杨》《天堂》《爱拼才会赢》《心雨》。但他唱得很投入，喜欢说话，每首歌都说这首歌送给谁谁谁，希望大家喜欢。

秦总唱歌水平显然接近专业。什么歌都会唱，调子还特别高。但他喜欢搂着女人唱歌，上下其手，几次把手伸进娜娜的短裙里。娜娜像块牛皮糖，偎在秦总的瘦身子上，脸还贴着脸，甜蜜状。奇了怪，这种情况，秦总的歌声还如此精准、悠扬，真是不服不行。

秦总唱歌的时候，吴总就跳舞，女神打扮的冰冰，像只小鸟，任主人戏逗。

吴总唱歌的时候，秦总就躺沙发上，水蜜桃一样的娜娜，像只小兔，共缠绵互搅和。

"透视装"看郭伟东对自己兴趣不大，倒也识趣，自顾自玩起手机来，偶尔点一两首歌，自娱自乐。

郭伟东上了趟厕所。居然在厕所里碰到了老田。

老田没跟郭伟东一台大巴，晚上吃饭时看他正和一个老板聊得火热，因此郭伟东也没有过去和他打招呼。

老田问郭伟东在哪个房玩。郭伟东说和吴总、秦总玩。老田说，可以啊，这两个人都是老屁股老江湖，现在正在联手玩旧城改造的项目。

郭伟东问老田在哪个房玩，闷得很，过去和你聊聊天。

老田把郭伟东带到一个包房。

酒瓶遍地。

人声鼎沸。

二三十个人围在一起，不用看，男女对半。老田一进来，他的女人就黏了上来。女人全是透视装，薄纱之内，肉花花。

他们正要开始玩脱衣游戏。男人坐一排，自己的女人坐对面。一二三，开始……石头剪刀布，输了，脱；再来，石头剪刀布，输了，脱。

落单的郭伟东像个观众，不到十分钟，看着一个个男人脱掉了衣服、裤子，一个个女人扯掉了胸罩、三角裤。

又过五分钟，有的女人的透视装脱掉了，一丝不挂。继续，石头剪刀布，输了，高跟鞋，脱掉，脱掉。

男人也不能幸免。

老田就是阵亡名单上的人，皮鞋脱掉，袜子脱掉，一丝不挂，真正的一丝不挂。

大家哈哈哈大笑。

没有谁觉得羞耻。

没有谁觉得不妥。

郭伟东也哈哈大笑。

因为只有自己穿戴整齐，成了人群中的怪人、小丑。

不知道谁喊了一声，给郭总叫个小姐，要他脱。

郭伟东鞋底一滑，赶紧逃回了吴总、秦总的包房。

四人已经滚到一起了，分不清冰冰是吴总的还是秦总的，娜娜是秦总的还是吴总的。

自己点的那个姑娘正在不慌不忙地唱一首老情歌：《一帘幽梦》。

郭伟东退了出来，到厕所里洗把脸准备回房间。

想不到又在厕所里碰到老田。

老田笑嘻嘻地说，你的女人呢？搞完啦？

郭伟东说，没叫。

没叫？装崇高？来了就玩玩嘛，四十多岁，这个年纪不玩何时玩？六十岁想玩都玩不动了。老田看不出有什么醉意，清醒得很。

你看你又不抽烟，酒也不爱，从来没见过你打牌赌钱，活得有啥意思，都这个岁数了。老田说得一本正经。又离婚了，孩子又在国外，生意做得顺风顺水，天下就是你的，不玩，对不起自己。老田教育起郭伟东来，来来来，我再带你看个好看的。

郭伟东被老田在背后推着，上楼，上楼，再上楼。左拐，右拐，再右拐。一个名叫贵妃红的包房。

老田拉住郭伟东，别推门，从小玻璃望一眼。

郭伟东望了一眼，全明白了。

有"鸭子"扑腾。

男色服务。

再望一眼。老田低声道，有新发现吗？

郭伟东摇头。

老田等两人走下楼后才说，那几个女人都是新井商会的老板，没跟你一台车，你不知道。

你看，谁不在玩！这世界就这样。老田一个转弯，又闪进了包房。

包房里的尖叫声，被门缝一夹，更刺耳了。

六

郭伟东总觉得这样不对。

人到四十，有家有业，少说几千万，多则几个亿十几个亿，不愁吃穿，社会地位大小都有一点，有人捧着有人敬着，大事小事一个电话全部搞定，这不挺好？为什么一定要搞女人？为什么所有的业余时间全花在女人身上？

郭伟东总觉得人应该不是这样的。

尽管自己就曾经是这样。

但郭伟东又觉得没有什么不对。

就像老田说的，全世界都这样。这个全世界，是真的全世界，全地球，全人类。郭伟东甚至想，外星人的社会如果也是这种结构，有政府，有军队，有商店，有田地，有工厂，有歌舞厅，一定也是这样子。

全世界都这样，有什么不对呢？

花的钱是自己的，不是偷的抢的。给女人买的礼物，是自己愿意的，不是别人诓的骗的。有什么不对呢？

但还是不对。郭伟东躺在黑暗中琢磨着。郭伟东思考重大问题时，一定要置身于黑暗中。而这个城市永远都是不夜城，哪怕就是深夜三点、四点，窗外都是车流不断，远方的高楼依旧霓虹闪烁，流光溢彩。必须要拉上厚重的窗帘，边角还要折好，关上所有的电源、电器，房间才能黑下来。

不对在哪里？郭伟东答不出来。

到这里，有必要说说郭伟东的过去。

郭伟东也是玩过的人。玩大过的人。

郭伟东，高中毕业，当了兵，凭着一手好文章，经常在刊物上发表小说，提了干，然后转业，别人都到公检法，他一个人转到国有企业，两年后单干，发了家。

四十四岁生日这一天，郭伟东离婚了。离婚之后，郭伟东有一个理想，那就是重新找到爱的感觉、浪漫的感觉。因为他觉得他和前妻——

岳月红，一个小镇姑娘，根本就没有谈过恋爱，完全是因为当时没朋友、性苦闷，懵懵懂懂听人介绍做媒，领到深圳，然后一次就搞大了肚子。当时人还在部队里，不得已打了申请，结了婚。本想婚后培养感情，然而前妻却一次次让他失望。一开始是四处做生意，处处亏本，拿着几十万打水漂不算，还四处打着他的名声要东山再起，证明自己还能翻本。结果钱没丢，脸倒是丢光了。婚姻就这么结束了。

好了，郭伟东开玩了。怀着"寻找爱的感觉、浪漫的感觉"的郭伟东，四处出击，各种类型的女人都追，都上。追不到？钱砸过去，砸砸砸，LV 包一买买十个，备着。没有追不到的。

有知性的高级白领、有干练的女老板、有新奇大胆的新新人类、有二十多年不见的中学班花、有模特、有电视台记者，甚至还有女警察。到手、上床，然后一个礼拜下来，不是这个不合适，就是那个不喜欢。拜拜拜拜。

追到最后，一个打工妹。郭伟东觉得只有打工妹适合自己。郭伟东觉得自己就是一个打工仔。可是还是不行，打工妹一开口提钱，郭伟东就跑了。

一个差点要了命的车祸，让郭伟东冷静下来。郭伟东意识到，哦，自己追到这么多女孩子，为什么都不合适？原来自己只是希望通过她们找回年轻的感觉。郭伟东明白，他找的不是女孩，而是失去的青春，没拥有过的浪漫和所谓的爱情。

深圳香火最旺的弘法寺的方丈一次在报纸上写文章，被正在医院里疗养的郭伟东读到了。突然间，郭伟东觉得自己心开了，被一大片暖洋洋的阳光照着，好舒服。

郭伟东就这样信了佛，深信，上了山，离佛最近，做最虔诚的居士。取名"了尘"，了结红尘，再也不搞了。

如果不是南国苑出事，郭伟东不会下山。

不知哪里来的勇气和信念，郭伟东觉得自己应该做点什么。自己应该做一回英雄，当一回拯救者。想起十年前，儿子还没出国，天天缠着自己要买一套"超人"服装。那个时候，郭伟东忙得屁股冒烟，哪有时间上商场买那怪里怪气的衣服？后来，儿子出国了，假期打工赚来的第一笔钱，就花在了"超人"身上。视频的时候，儿子一身蓝红，还有披风，滑稽如小丑。郭伟东问，为什么喜欢超人？

儿子说，超人代表英雄，他可以拯救世界。美国人都有英雄情结，没有人认为自己是凡人一个。

郭伟东觉得自己也要做一回超人。拯救不了世界，但要拯救身边的人。

但翻身一想，郭伟东又觉得滑稽。

英雄？

拯救？

怎么拯救？

你又不是超人，连超人的披风都没有。

可笑。

可笑极了。

有什么可笑的。

七

老田来了电话，说自己就在南国苑粤悦包房里，速来，哥俩儿好久没聊正事了。

推开门，只有老田一个人，正在无聊地按着电视遥控器。

老田递给郭伟东一杯茶。他素来喜欢开门见山，说，你可能不知道你那天在一起玩的吴总、秦总的背景。他们是新井商会的常务副会长，这名头你都知道啦，肯定是有料之人。别看他们嘻嘻哈哈，没个正经，他们正在运作旧城改造的项目。偏对偏，你南国苑酒店所在的这片中心老城区，就在他们的改造之内。不知道你这个酒店的租赁合同何时到期？你要考虑这个问题。

这是个大事。郭伟东心头紧了一下，多亏了老田的提醒。真不愧是多年的至交老友。

这栋楼的租期，年底到期。一签签了十年，今年是第十年。郭伟东说，他们会怎么改造？

他们怎么改造，那就不知道了，现在最流行的方式是 LOFT 创意园的模式。估计他们也会效仿。现在也只有文化产业还有得忽悠。老田说。

郭伟东觉得老田的估计应该不会差到哪儿去。这意味着，南国苑周围这一大片旧房子，全部清空，改头换面，租给创意企业，设计啦、动漫啦、广告啦、媒体啦，到时候还有没有酒店这一块？即使有酒店，会不会留下南国苑这种传统酒店、传统酒楼？会不会招来一些精品酒店、西式餐饮取代南国苑、粤悦酒楼？这一切，不是没可能。

你要提早和吴总谈，不要到时候人家宣布方案了才急得跳墙。老田提醒道。

好。郭伟东应道。情报得到了，接下来就是运作，至于成不成，谋事在人，成事在天。即使不成，福兮祸之所伏，祸兮福之所倚，无所谓了，放轻松。

不知从何时起，放轻松三个字，成了郭伟东的镇静法宝。

佛经没有这三个字。

是上次车祸住院时，护士经常这么说，放轻松。

正事聊完，郭伟东让部长安排了一煲、一汤、一鱼、一青菜。还有妹妹来吗？郭伟东问。

有！光咱两个老男人，多没意思。老田拿起桌子上的手机，拇指运动起来，发出了一条短信。

还是那个湛湛吗？

早换了，是个模特，参加过亚洲名模大赛，拿过奖。全名我一下子记不得了，可以上网搜，查得到的。老田摸着自己的肚子说。

兄弟，我今天跟你说的话，你可能不高兴，但我还是想说，因为你我交往多年，我们都是一步步看着对方起来的人。大家都白手起家，不容易。不说出来，我心里过意不去。郭伟东说得自己都感觉有点绕。

老田被搞蒙了，啥意思，说主题。

主题就是别搞女人了。我刚才说了，我们都是白手起家，不容易。我也是玩女人玩成今天这样子，孩子出国了，回到家，孤单一人，倒不是说后悔离婚了，是觉得自己很失败。你玩过，我也玩过，玩来玩去就那两下子，我总觉得这样下去会出事。

老田歪着的身子，一下子跳了起来，兄弟，你今天不正常啊。

每个人听起来都会觉得我说的很怪，是屁话，神经病，但我说的一定不会错。玩下去，肯定会出事，而且是大事，性命大事。

出什么事，不都是逢场作戏嘛，你情我愿的事，又不犯法。要出事，也是出钱的事，钱玩没了。可是这点小钱，对我们算什么？毛毛雨。老田说。

总有一天会投入情感，总有一次是假戏真做。量变会引起质变。到那个时候，要脱身就来不及了。

会吗？不会。老田自问自答，你不会是还没从车祸的阴影里走出来吧？

这是一场不对称的辩论。一个是理所当然，一个是异端突起。老田是理所当然，郭伟东是异端突起。

我说的是我自己的切身体会。再一点，现在的女人，也不是你我想象的那么简单，更不像十年前那么单纯。

这个，你说得倒是，我同意。手机响了，短信的声音，老田没看。

再一点，我们都到这个岁数了，身体往下走了，天天混夜总会酒吧，啤酒、洋酒、白酒，又贵又假，很伤身子的，你看你那肚子，比怀了十个月的孕妇还大。里面全是脂肪肝，油唧唧的。身体比女人重要，比什么都重要，兄弟。

老田摸摸肚子，重复了上一句话，这个，你说得倒是，我同意。

老田打开短信，边回边说，你的话很对，是值得反思一下了。但是今天无论如何，还是让这个女人过来吧，短信都发出去了。

好。郭伟东让部长多加了一份汤，又多点了一个铁板烧。

五分钟后，有人敲门。模特进来，落座。是一个美丽诱人的尤物。

丰乳肥臀。

矜持而妩媚。

老田看不出有什么不自在。

倒是郭伟东觉得自己很尴尬。

八

晚上七点，郭伟东约了吴总。电话一接通，吴总就哇哇大叫起来，兄弟，你文化人看不起我们大老粗，上次唱歌，你上个厕所就没再回来，搞得你的女人还要我抱回去，哈哈哈，不够意思啊。在哪里？今晚出来喝两杯。

郭伟东约吴总到南国苑，这样有个好处，不用抢着买单，自然是郭伟东请客。生意场上，无论是求人还是被人求，能自己买单自己买单，无论单是一万元还是一百元，这方显大度。

吴总单独赴会。似乎早预料到郭伟东此次约请的目的，没等郭伟东开口，吴总自己鞭炮似的炸开了。

我和上次我们住一起的秦总运作了一个项目，就是你这片的旧城改造，所有的楼房外观，包括楼顶，我们都要装修改造，楼顶要种植草皮，节能减排，搞循环经济。改造之后主要是做动漫影视城，哈哈，生意做了几十年，我们也要沾沾文气，搞搞文化产业。政府很支持，说这是下一个五年计划的重中之重，还有补贴。

郭伟东正要开口问南国苑的命运，吴总摆摆手，你听我说完，我们考虑过了，南国苑酒店，尤其是粤悦酒楼，很出名，鲍鱼、鱼翅卖得最贵，还要抢着订位，我们不会随便舍弃这个牌子的，住宿部分，我想也是需要的，至于到时候酒店的风格要不要转成经济型的，到时候再看股东会怎么论证吧。时间还有两三个月嘛。即使要改风格，你们还是优先租赁、经营的，这是没得说的，所以我觉得问题不大。

郭伟东听得出，南国苑生存问题不大，变可能是少不了的，就看变多大。

感谢吴总。郭伟东按动服务钮，准备点菜。

客气啥，都是好兄弟。我那天整理名片才发现，你不单跟我老婆是老乡，连手机号码都很像，前八位都一样，后三位，你是555，她是888，以后打你电话得小心，别一不小心打到老婆那里去了，哈哈哈。

吴总举起电话，表情神秘，正事谈完，接下来给你看看我的新女朋友。

吴总站起来，走到落地玻璃窗前，一手撩开窗帘，叉着手，看着脚下的街道、人群、车流。黑夜降临，人人都赶着路，互不相让，乱作一团。

电话打出去，嗯嗯啊啊。

郭伟东一眼就认出了，来人是一位女主播。短发夹耳，乳白色的西装里面是藏青色圆领衫，端庄稳重还带有一些优雅。

白兰!

这个女主播，可谓家喻户晓了，因为她主持的一档民生节目——《今日民生》，报道的全是老百姓吃喝拉撒事，哪个小区垃圾没人清理啦、买二手房闹纠纷啦、农民工欠薪案啦，等等。这种节目，按理说都是男主播，或者男女搭配。可说来也怪，这个节目七八年了，就她一个人唱主角。

七八年来，这个节目天天晚餐时间跟老百姓见面，为民奔走，扬善惩恶。换了谁坐在主播台上都会红，何况还是这么一位端庄的美女。

吴总很骄傲地看了郭伟东半分钟，然后才出声介绍，著名新闻主播白兰，咱们老百姓的传声筒，除了市长、书记，她的知名度最大，白兰主播可是一下完节目衣服都没换就过来了，请请请。

郭伟东心存几分敬畏，伸出手去。

主持人手伸出了，却不是为了握手。她手在空中划了个半圆，烦死了烦死了，也不知道从哪里知道我的手机号，下了节目还爆料爆料，屁大点事都要找我，我她妈又不是皇后娘娘。

吴总恭维，这说明你们节目有影响力，老百姓信任你。

我要娱乐，我要放松。主持人把手机摔在沙发上。

电视里和电视外，判若两人。郭伟东倒吸了一口冷气。这个家喻户晓的著名女主播还不如老田的那个模特。

主播一点矜持都没有，手握遥控器，翻看着电视上的八卦新闻，一会儿呀一句，一会儿哇一声，像只从铁笼里逃出来的小鸟。呀，这款包又出新款了，哇，太漂亮了，呜，我这个不到一个月就成老款了。

郭伟东很烦这个。心想，吴总也一定很烦这个。

但看不出吴总有什么波澜，一手搭在女主播的腿上，一手跟着呀呀地叫，哇哇地喊，是蛮漂亮，是蛮漂亮，给你买一个。

不要啦，贵得没谱。女主播回了一句，可眼睛却没离开电视。

郭伟东趁机出去接了个电话，心里骂了一句，妈的，好不容易零距离见了个活的大名人，没想到这么倒胃口。

一个星期后，再一次约了吴总。想早一点了解到他们旧城改造的进展，这事关南国苑的去留，马虎不得。

这次地点是在花岭高尔夫。

大晚上的，肯定不是打高尔夫。很快，郭伟东反应过来，花岭高尔夫前不久放出了一批小别墅。这批小别墅框架已经建好几年了，突然碰上了金融危机，没想到危机又一危好几年，开发商继续开发也不是，丢弃更不是，只好一直囤着，结果大股东出事了。再不建，早已发大了的高尔夫老板要收购回去，当然是白菜价。几个中小股东硬撑着，找来后续资金，把别墅给盖起来了。原来的独栋户型，改成两家合一栋，单价下去了。为了节约广告费，项目没有公开发售，只是内部邀请了几百个老板过来"鉴赏"，给出的价格很实在，近乎成本价。郭伟东也收到过请柬，但没去。据说，因为价格实在太诱人，别墅当天就被抢光。

果然是吴总的新家。

郭伟东早有准备，带了一份不重，但也绝对不轻的上门礼：波尔多塔牌红酒。

都是生意人，吴总接过红酒，转身就说，南国苑的事，现在可以告诉你，继续保留，保留你们的粤式风格、高档路线。创意文化也需要高档消费的嘛。但是我们会引进一些中档的、快捷式的餐饮，这应该不会对你们产生影响。

听到能保留，郭伟东开心了：能留下就是胜利。毕竟南国苑和粤悦在深圳的名气早打出去了，口碑是有的。现在周边的居民区变成写字楼，这只会给酒店带来增量。那些中档餐饮完全不会构成竞争威胁。

一分钟，就把涉及三四百个员工、一年营业额近亿的大事给敲定了。

在吴总到阳台上接电话之际，郭伟东环顾了客厅一圈。客厅很大，但东西不算多。淡粉色墙纸、蕾丝布艺沙发、仿古拨盘电话、乳白色钢琴。

郭伟东对回到沙发上的吴总说，你这个装修很女性化啊。

怪不得季会长老跟我说，你是文化人中的商人，商人中的文化人，眼光就是毒。吴总凑过头来，放低声音，我这是给老二买的。

哪个老二啊？郭伟东当然知道"老二"是什么意思。

你见过的。

那个主播？郭伟东要确认一下。

是啊。吴总喝了一口茶。

吴总动真格了？

是啊，妈的，这次有点麻烦，被狐狸精迷上了。麻烦了。吴总话说得很低，有点小忧愁小伤感的味道。突然变了个人似的。

迷她哪里啊？哈哈哈。郭伟东想打破这低沉的气氛。

　　觉得她很复杂，电视上一本正经，为民请愿；电视下一点正经也没有，风情万种。妈的，女人堆里杀了这么多年，什么女人没搞过，偏偏就漏下了她这款。我们第一次认识，是在一个朋友举办的新公司开业酒会上，她弯弯腰和我握手，手一握，我就软掉了。当时就等不急了。一个小时后，晚宴跑过去敬酒，心扑扑跳，偷偷要了人家电话。然后一来二往，一趟香港，一趟澳门，搞定了。

　　我实话实说啊，这些新闻名人，政界商界认识的大人物，多了去了，她会不会是你那个朋友、上市公司老总的女人？你可别当了炮灰。郭伟东说出来，发现有点失态。但说出来也无妨，因为这是他和吴总共处一室，这么直爽地说出来，会让吴总觉得自己把他当兄弟看，而不仅仅是来办事或者看热闹。

　　我有考虑过这个问题。我也知道，她接触的都是大人物。但我后来发现，我约了她这么多次，没看到有什么可疑的马脚。我那个朋友好像也从来没有暗示什么。我想应该没事。

　　那应该没事。郭伟东附和着。

　　吴总带郭伟东看二楼的一个房间。那摆设，完全是一个舞蹈练功房。空无一物，一面墙上装着镜子，镜子前是一根黄色的原木横杠，镜子对面是落地玻璃窗，看出去是一个小湖。湖边有高高的棕榈树。落地窗墙边是一截软包条凳。凳子下有两双舞鞋，一红一白。

　　告诉你一个小秘密，白兰当主播前是个舞蹈老师，她说舞蹈和音乐是她的最爱。楼下的钢琴、这间舞蹈练功房，都是我为她准备的。我想看到一个女人在我面前，掀开钢琴盖，手落在琴键上，轻轻一按，美妙的音乐响起。我还想看到，一个女人穿着紧身衣，就像芭蕾舞演员那样，把长长的腿压在木杠上，做各种舒展的动作，那种感觉好极了。我不懂钢琴、芭蕾舞，但进了这个别墅，我可以忘记一切，忘记这个书

记那个局长，忘记这个项目那个交易，忘记钱钱钱，进入这个艺术的
世界……

吴总描述着他心中的理想国。

郭伟东问，她给你弹琴给你跳舞了吗？

还没有。她每次都说灵感没到，下次再弹，下次再跳。

那你怎么说？

我相信她。没有灵感，应付我，也没意思。

在参观完舞蹈练功房后，郭伟东收到一条老田发过来的短信，很
短，就一句话：四十不惑，当找回自己。

郭伟东似乎明白了其中的意思，但还是装傻回了一句：啥意思？

老田回复：不玩了。

老田听劝了？不玩女人了？自己的拯救计划成功了？郭伟东问自己。

下楼回到客厅，既伤感又美好的吴总跟郭伟东探讨起男女关系。但
他先让郭伟东谈自己的故事。

郭伟东看得出吴总也是个性情中人，不是那种诡计多端的人，讲讲
无妨。郭伟东选择性地讲了几个，如和前妻岳月红的婚姻，和秘书夏荷
的暧昧，还有和打工妹小草的车祸。本来还想讲邱菊的故事，但总觉得
这一段太龌龊，免了。二十多年后，想尽办法去把少年暗恋的女人搞一
次，真的太龌龊。

吴总仰头一笑，哎呀，兄弟，大家的故事都差不多，差不多，你的
这些故事，换个名字，也是我的故事。现在唯一不同的是，我搞了个女
主播，家喻户晓的大名人。

郭伟东把话头一转，但我现在不搞了，我也不是在你面前装文化

人，搞来搞去，真的没意思。

那你告诉我什么有意思？

这一问，难住了郭伟东。郭伟东抱起手，回答不上来。

吴总说，人生就是一场梦，做这个梦，做那个梦。年轻时，穷得裤子都没得穿，就梦想自己吃好穿好，能讨老婆；后来做了点小生意，发了点财，就梦想自己能把户口迁到城市里来，能够开上轿车去旅游去兜风；生意做大了，多赚一百万少赚一百万没感觉了，就希望进入高档场所，和这个大官接触，跟那个名人成为朋友。搞女人也是，一开始，偷偷摸摸，三十五十，到发廊里洗头，揩揩油，调戏下小妹就满意了；然后找小姐，一百两百五百一千，三下五除二，一点情调都没有，没意思；然后到夜总会，三千五千出个台包个夜，你花言巧语，小姐比你还花言巧语；然后搞自己的助理、秘书，搞良家妇女，钱是不要，却要你的命，人家要和你谈恋爱啊，一旦闹翻了，一条短信都可以让你心惊肉跳，吃不下饭、睡不安稳，她要再跳个楼割个腕上个电视登个报什么的，你恨不得把家产都给她，玩的就是心跳、刺激、过瘾，但玩不起啊；再现在，找模特、找空姐、找演员，要什么买什么，最高享受了。但自己身体不行了，娱乐场所去不动了，泡了妞回来，也搞不动了。一周一次可以，多一次都不行。但不行也硬着要行啊，那么多钱砸进去了，人家美色当前、年纪轻轻，你不行？她都不干！这时真希望自己回到十八九……但还是停不下来。为什么？有时早上早早醒来，凌晨四五点钟，坐在客厅里，真的不知道接下来要干什么，干什么才有意义，甚至会想，这后半生该如何走完。苦恼的时候，找几个小妹，怀里一抱，摸着，暖烘烘的，啥烦恼也没有了，这是唯一能开心的事了。开心有罪吗？……

郭伟东打断吴总的话，我想说的就是这个，身体，身体最重要，要刹车了，收手吧。说心里话，我已经劝了好几个朋友了，希望你也是。

能收吗？关键。吴总反问。

郭伟东再次无言以对。不是说吴总说错了。恰好，吴总说的是真理。

人活世上不就求一个开心吗？

难道不是吗？

吴总又补了一句，跟着感觉走吧。

九

开心是什么东西？

人活着就是为了开心吗？

人活着一定要开心吗？

感觉是什么东西？

感觉一定正确吗？

离开吴总的美人巢，郭伟东开着车沿着高尔夫球场转了一圈。摇下窗，空气带着青草味，起伏不平的草地，像铺着翡翠。宁静极了。郭伟东熄了火，把车停在路边。

想起自己那些在女人身上滚来滚去的年月，一样是两个东西在作怪，那就是吴总说的：开心、感觉。

但是真的开心吗？

感觉真的很对吗？

郭伟东觉得不是这样。

开心的结果是不开心。

感觉的结果是错觉。

开心会害人。

感觉会害人。

人不应该为了开心寻开心。

人不应该跟着感觉走。

至少，不能为了开心找不同女人。

至少，不能跟着感觉走，放任自己。

自己的这些总结，对吗？郭伟东问自己。

对吗？

不知道。

但郭伟东想再当一次拯救者。阻止吴总陷入感觉的迷幻中，把他拉出来！他和那个女主播，不会有什么好结果，一定不会，郭伟东敢肯定。

要阻止这场悲剧，要拯救这位讲义气的朋友！

希望他像老田那样有所思——四十不惑，当找回自己。

怎么拯救？

再冲进小别墅和吴总长谈？

毫无疑问，这是最蠢的做法。一个正在体验嗑药后的快感的人，你劝他戒毒，他听得进去吗？一脚踹你！

得用外力。外力是谁？当然是吴总的老婆。也只有她才有资格去打破这个迷局。名正言顺，威力最大。

原配出手，能唤醒当局者吗？

这是一个未知。当年前妻岳月红动用私家侦探，自己不还一样离婚了吗？

但别无他法。

郭伟东想起吴总说的，自己的手机号码和他老婆的就差三个数，她老婆尾数是 888。

仿佛是天意。天意注定自己要做个拯救者，把前方的消息传达给大后方，然后发起总攻，打一场正义的战争，挽回革命果实！

郭伟东希望这场战争，悄悄地打，悄悄地结束，而且不费一枪一弹。

这是最完美的。

郭伟东第二天打通了吴总老婆的电话。白天，人的情绪容易控制，如果头天晚上就打，告诉她，老公在哪里哪里，跟谁谁，女人一定会疯掉的！

电话通了三声，对方接了，你好，哪位？

郭伟东先确认，你好，请问是吴总的太太吗？

对方没正面回答，再次问，你好，你是哪位？

郭伟东把自己的全名，连带公司的名字都报了，并说明了意图。

吴总的老婆语气一直平稳，答应了和郭伟东见面再聊。

不到半个小时，吴总老婆出现在南国苑酒店一楼的咖啡厅里。这是一个略有发福，但样貌还算姣好的女人。郭伟东想象中的吴太太就是这样，雍容华贵，微胖，穿着鲜艳，施粉黛，名牌包，发型一丝不苟，脸色和善。

近乎就是这个样子。

郭伟东开了个小差，当年岳月红是不是也给人这种印象？忘记了。郭伟东完全想不起来了。

吴总的老婆也姓吴。当年两人在蛇口同一个电子厂打工，吴太太是拉长，吴总是普通打工仔。因为同姓，拉长给予吴总特殊照顾，计件的时候，半成品也算成了成品。这一照顾，感情就出来了，两人谈起了恋爱，开起了小作坊，然后生意滚雪球一样，大到无边无际。

吴太太始终没有闪现出一丝恼怒。相反，问郭伟东，为什么会告诉她这一切？

郭伟东一五一十把自己的婚姻经历告诉了吴太太。

吴太太很快离开了，轻声道谢，无论怎样，都谢谢你，郭老板。

语气、表情，始终如一面湖水，纹丝不颤。

吴太太一离开，郭伟东就后悔了。

或许吴太太根本不在乎这些。多少个家庭，不都这样过着？何况这是一个产业庞大的家庭，一荣俱荣，一伤俱伤，"忍辱负重"这个词，往往都刻在她们的心头上。

但郭伟东又觉得，婚姻最大的敌人，就是两个"淡"：平淡、冷淡。平淡让婚姻腐朽，冷淡让腐朽加速。

十

没想到，战争打得如此轰动、惨烈。

场面之大。

而且是以另外一种方式。

先是从电视上看到。

打开电视，发现《今日民生》的主播台坐着的居然不是熟悉的白兰，而是个男的！郭伟东觉得蹊跷，换了个频道，却在另外一档新闻节目里得到了答案。

郭伟东第一时间用手机录下了这条新闻：

当红主播白兰传出婚外情主动离职　男方是深圳地产大佬

近日，有知情者拍到已婚当红女主播白兰在深圳修筑爱巢。男子看起来四十多岁，身材魁梧，当天两人一同驱车进入花岭高尔夫别墅，直到深夜都未见他们其中一人离开。据传，男方是深圳地产大佬，吴姓。白兰主动离职，不再担任新闻主播职务……

再找来几家周刊，花花绿绿的封面上全是白兰和吴总一前一后的照片。照片上，白兰和吴总刚从车里出来，女的抬腿上台阶，男的半低着头，似乎在掏钥匙。一辆黑色车的车牌，正好出现在照片的左下角。

报刊、电视还好，至少字面上讲的都是白兰。网上则乱了套，吴总也成为主角。有人把吴总名下的几家公司、业务范围、注册资金、开发项目都列了出来。有人则把吴总参加各种活动的照片发到网上，以作对比。天，还有吴总夫妻的照片！

郭伟东找到白兰的微博。这个愚蠢的女人几天前居然在微博上辟谣说，照片里的男子不是她男朋友，是她雇用的司机！

"司机门"成为微博热词，大家纷纷调侃。有人说，吴总是史上身份最显赫的司机。

郭伟东担心有竞争对手伺机作梗，抖出吴总和他公司的一些内幕，比如贿赂、作假等。摊子这么大，谁敢担保没一点污点。

郭伟东感觉有点收不住的味道。

事情怎么会弄到媒体上？

谁曝的料？

吴太太？

还是其他人？

郭伟东多想了解这一切。但不知从何入手。打电话给吴太太? 吴总?
都不妥。

第二天，倒是老田给郭伟东提供了一些信息。

老田主动打电话问，都看到吴总的新闻了吧? 老田说，吴总这事搞
大了，倒不是说他搞的是名人、女主播，而是有人借机搞事，举报吴总
公司有问题，税务、工商几个部门开始行动了。这事搞大了。

郭伟东腾地坐下去，瘫在沙发上。自己担心的事真的发生了。

几个部门要真是动起真格，吴总就悬了。

吴总悬了，郭伟东感觉自己也悬了。这事，自己是谋划者啊!

郭伟东问，搞事的人是谁，知不知道?

老田说，很多人传是秦总。他们俩不是合伙搞旧城改造吗，这个项
目进展得都七七八八了，就等着招商数钱了，估计是秦总想趁机搞掉吴
总，自己成为大股东。

他妈的! 郭伟东骂了一句，挂了电话。这骂的，既有秦总的不仁
义，也有自己的鲁莽。把事搞成这样，怎么收拾? 无法收拾!

郭伟东，良心上倍受煎熬。

……

第六天。收到一条短信，发信人是新井商会会长季宏达。短信只有
三个字:

没保住。

郭伟东恨不得立即打电话过去，但他知道这个时候，他不能显得太
上心。不能操之过急。

郭伟东把电话打给了商会办公室主任小丁，晚上请会长过来品茶，
无论多晚，他都等。

会长倒没有让郭伟东等到多晚。十点的样子，会长就到了，一件黑色丝绸对襟衫，飘飘然，精神很好的样子。

会长说，他没有大家想象得那么忙，都一把老骨头了，还忙什么忙。说了你都不信，我每天晚上九点要打一个小时的网球，打完就过来了，一身汗出完了，爽。

郭伟东寒暄了一会儿闲事，就把话题岔到吴总的身上。会长，咱们副会长吴总，怎么样了？

资金冻结，人被拘留待审。怪我能力有限啊，没保住。

这么严重！郭伟东想都没想到。

吴总的福气可能就到这了吧，这是命。跟女人无关。会长点了根雪茄，长长地吐出一口白烟，爱美之心，人皆有之，爱美女之心，人皆也有之，你是文化人，你说是不是？难道名人就不能喜欢？名人也是人嘛，一样一样的。

趁机搞事的人，会是谁呢？郭伟东问。

搞事也是正常的，人为财死，鸟为食亡，几千年的古话了，正常得很。烟雾中，会长似乎化身一个神仙，看破一切，举重若轻。

会长又加了一句，但是，搞事的人到底是谁，我们不要瞎猜疑，一切都是传闻。

是谁爆的料？不该捅到媒体上去啊。郭伟东心里最想得到的答案，就在这一句。

会长呼哧一口气，把烟雾吹散，回了一句，你觉得呢，会是谁？

这一句，吓坏人。

眼前的会长，目光如炬，像两道闪电。

郭伟东连忙说，不知道。

会长摇了一会儿椅子，说，事情已经平息了，说说无妨。吴总首先是后院起火，他老婆请了私家侦探，拍到了两人的照片。私家侦探也是个操蛋，没职业道德，当得知吴总的家底后，拿着照片要加价，说好的一万，开口要十万。吴总老婆不干，甩脸走了。私家侦探怒气冲冲，向几家娱乐周刊爆了料。就这么简单。

唉。郭伟东给会长换了个瓷具，添了杯新茶。

这就是命吧。会长慢慢地吹吹茶水，然后一饮而尽。

十一

节外再生枝。

南国苑酒店，收到一纸终结租赁的通知书。原来，南国苑并没有纳入创意园内。十年合同马上到期，必须迁走。

从通知书上的落款公章上看，已经换了新的管理公司。看来，老田说的传闻没错，吴总被踢出局了。

吴总出局，花岭别墅里的承诺即成泡影。

这个新公司的幕后会是谁呢？必须调查清楚，再协商。郭伟东派老于去了解。老于也是当兵出身，侦察兵，这方面最拿手。

三天后，老于拿到了一段录音。口述者是新的管理公司的销售主管。一位浓重潮汕口音的男子，口头禅是"不说你不知道"。

一切真相大白：吴总资金冻结，人被拘留审查，秦总以项目开工在即资金紧张为由，让吴总退出股份。吴总的股份由另外一家公司顶替，这家新入股的公司叫新商公司，他的注册法定代表人是季宏达，会长大人。

现在，会长是最大的股东，董事长。秦总股份不变，但职务有变，变为执行董事。

口述里还提道，踢出南国苑是秦总的意见。至于为什么，是不是秦总想让自己的关系进驻、顶替，还是别的什么原因，谁都不清楚。秦总是执行董事，如果董事长不过问，基本上就定了。如果要扳回时局，唯一的办法，还是找会长大人。

为了南国苑，不管怎样，必须面见会长。

会长总是那么爽快，似乎就在等着郭伟东。电话一通，没等郭伟东说话，会长嗓子大开，郭总，在哪里，来喝茶。

这回，会长给的地址是大都第。

大都第，圈中每个老板都知道的地方，但未必去过，因为它是会员制俱乐部。刚开业的时候，头三个晚上，免费开放过。记得那天是中秋节，郭伟东和老田一起去的。要门票，但忘了门票是谁给的了。

没有招牌。俱乐部躲在水库半山上。宾客把车停在水库下面的停车场上，有电动车负责接人上山。一进停车场，俱乐部非一般的气场就显出来了。停车场里一溜的顶级豪车，清一色的兰博基尼，蓝色、红色，静静地卧着。都上了粤 B 车牌，不是待售，不是展示。不是五辆十辆，是五七三十五辆！一辆八百万，一共就将近三个亿！

水库当然不是对公众开放的，水库半山上更显神秘。高低错落的红墙小房子，沿山而建；各种自然生长的树木，没有做任何修剪，把灯光划得支离破碎。那晚月亮如盘，皎洁的光亮把到场的每个人都装扮得无比圣洁、感性。没有一个不是美女。而且数量众多，至少有一百个。都是名模的身材，演员的面孔。老田要了份酒水单，和预料中的一样贵得要杀人，好在那天晚上是免费。郭伟东记得老田出来后说了一句，以前泡过的妞，都可以忽略不计了。

"到此一游"后，郭伟东、老田都没有入会。那些年，正是打拼的时候，做梦都想着谈生意、签合同，哪有时间周旋这些可望而不可即的美色。

将近十年过去，多少酒吧、夜场浪花似的涌现、消失，排场越大，死得越快。没想到，大都第还在。

依旧是没有招牌。穿过一条没有路灯的林荫小道，来到水库山下停车场。兰博基尼还在！五八四十，再加另外一边的三台，四十三台。款式都变了，从光洁的车身看，估计都是最新款。奔驰、宝马，在这里都是二流车了。

一切都没变，通身乳白的电瓶车，扎黄领结的司机，扎黑领结的乘务员。郭伟东报上会长的名字和房间号。英俊的乘务员，在平板电脑上划拉几下，做了登记、核对。

会长，一身燕尾服。在红房子门口等候。

林间小道上看到的男人，都是燕尾服，配白衬衫，黑领结。

今天派对的主题是燕尾服。会长引进郭伟东，坐在一个暗红沙发上。这个小房子蛊惑而妖媚。天花板是个隆起的顶，像法国那些古老建筑一样，顶上画满了各种鲜艳的西洋画，尽是一个个裸女和婴儿，喂奶、沐浴、蜷缩。

会长旁边端坐着一个女孩。女孩的肤色，让郭伟东想起第一次来大都第那个中秋之夜，每个人在圆月的照耀下，圣洁而感性。女孩的脸、额头、胳膊和手背就是这种感觉，圣洁而感性。女孩穿的是立领旗袍，长至脚跟，郭伟东能看到的只有她的脸、额头、胳膊和手背。那旗袍像是手绘在女孩身上，一点褶皱都没有。女孩只坐了半边屁股，身材曲线流水一样，顺着脖子，经过山峰，进入平地，再分叉奔流而去。

旗袍上，暗花怒放。

这是郭伟东第一次看到会长身边有女人。

会长介绍，这是墨莉，这是郭总。

郭伟东点点头。墨莉微微笑。

恭喜会长主持旧城改造。郭伟东不再提吴总，也不想装傻，直接一句，一方面表明自己已经知道管理公司易主了，另一方面表明自己支持这个新的公司。

会长没说什么。生意场的事不需要解释，一已经变成二了，就不要问为什么会变成二。要问，那你就真二了。

中间顿了半分钟，会长给郭伟东倒好茶，自己的也加了些。喝了口茶，会长好像突然想起了什么，主动问起来，你的南国苑还在我们项目内吧？

郭伟东答道，接到通知要我们搬走，我就是为此事而来，请求会长帮忙。

哦？具体事我没管，都是秦总在管。会长转头轻声问墨莉，我手机呢，然后跟郭伟东说，我问问秦总，你是商会会员，该照顾理当照顾。

墨莉把手机交给会长。会长按着号码，走出小房子。

墨莉给郭伟东加了一口红酒。加完后，却没有举杯示意，倒是自己品了一小口。穿过巨大的玻璃杯，看到墨莉两片敦厚的嘴唇，微微抿着。那是一个非常性感的瞬间。

杯子放下。墨莉才说，郭总你不喝酒？

郭伟东端起酒杯和墨莉碰了一下，一口干掉。

会长重新回到沙发上。他直接坐在郭伟东这边，拍着郭伟东的肩，兄弟，搞定，下周一董事会再过下会，我会参加，你的南国苑，留下来，问题不大。

搞定为大。至于秦总为什么想撬走南国苑，原因何在，跟吴总有何关联，这些问题，懒得问了。

走，到一号楼看墨莉弹琴去。会长把烟盒一挪，又问墨莉，怎么样？

好啊。墨莉起身。

郭伟东和会长依次站起。

等下。墨莉唤了一声。

只见墨莉伸出手来，轻轻地在会长嘴边捏了一下。一片小茶叶，小心被人笑。墨莉细声说，眼神娇嗔。

郭伟东感觉这一对像父女。

一号楼就是大都第的大厅。各个小红楼算是包房。

一号楼的装修更加西洋化，简直就是西方宫廷的翻版，黑金流光，暗红溢彩。男人，黑白燕尾服；女人，艳光闪闪。一个白胡子老外，正在吹着萨克斯，欢快的旋律。

三人坐在靠近舞台右侧角落的沙发里。服务生端来一个长条盘，上面放着各种颜色的酒水，足有十多杯。郭伟东领了杯红酒。墨莉领了杯鸡尾酒，至于叫什么名字，未知。会长还没坐下，就被其他人叫走了。

欢快的萨克斯一落音，更欢快的舞曲响起。有人跳起舞，气氛逐渐热烈起来。

墨莉起身离去，进了舞台后的一个侧门。郭伟东以为她是准备要弹琴了，没想到一会儿，侧门打开，墨莉正冲着他招手。门里的光打在墨莉的背后，形成一个黑色剪影，把她的玲珑身姿照得毫厘不失。

无比地曼妙！

迟疑中，郭伟东走过去，走进去。

这是一个演员化妆间兼服装室。

梳妆台，挂满衣服、假发的架子，各种妆型挂图，让本来不小的房间显得局促。

墨莉给郭伟东套上了一件燕尾服！

穿上，穿上，很帅，很帅。墨莉突然变了个人似的，安排着郭伟东，你看，就你一个人穿着夹克，小丑似的，现在好了，现在好了。

领结呢？墨莉弯腰拉开一个个抽屉。从背后看，墨莉的细腰丰臀，宛如鸭梨。

等墨莉找到领结，她已经微微细汗了。她站在郭伟东面前，踮着脚，颤了颤。郭伟东一手扶住了墨莉的腰。蛇一样的腰。

墨莉定住，稳稳系上领结。好了，幸好你今天穿的是白衬衫，很合身，很合身。

走出化妆间。墨莉上了舞台。

她弹的是扬琴。大珠小珠落玉盘。大家瞬间安静下来，会长也坐了过来。这个角落的位置正好可以正面看到他的女人。

会长嘴里咬着雪茄。大口大口地吞吐，烟雾弥漫。烟雾中，会长靠在沙发上，半个身子陷在沙发里，眼睛闭着。雪茄一直咬着。烟雾渐渐弱下来，似乎就和正常呼吸一样，有节奏地迎送着。郭伟东总觉得会长已经睡着了……

琴声绕梁，很久才消失。

掌声起。

会长起。

会长侧拥墨莉，手挽着她的腰，闻着她的头发，嘴里不知道说着什么。好像什么都没说，只是在耳鬓厮磨着，回味最后一个琴声。

墨莉重新坐下。会长又被人喊去。

墨莉端起还没动过的鸡尾酒，问，知道它叫什么名字吗？

郭伟东整理了下燕尾服，抬抬屁股，换了个姿势，然后摇摇头。

请——跟——我——来，有意思吧，这名字。墨莉喝了一口"请跟我来"。

好怪的名字。郭伟东笑着说。

听会长说，你会写小说？会写小说，肯定会讲故事。墨莉往前坐出来一点，脸上起红晕。想必，"请跟我来"是杯烈酒。

当然会。有机会给你讲，可以吗？郭伟东发现自己有点紧张，话说起来硬邦邦的，你电话多少？

墨莉恢复了低声细语，报出一串数字。

郭伟东把号码记在手机上，然后悄悄摸出名片夹，捏出一张，按在墨莉手心里。

十二

吴总的事远远没有想象的那样简单。资金冻结，人一直拘留待审。现在又出现新情况。吴总的事牵出了三个官员：街道书记、市国土局局长、市人大副主任。

上次播的新闻说的是娱乐圈，这次发的新闻却震动了官场。

偷情，身份曝光，公司被查，高官落马。这就是所谓的蝴蝶效应吧。蝴蝶扇动下翅膀，有可能引来一场地震。

郭伟东总想知道，这里究竟发生了什么？

到底是谁搞的事？

秦总挤掉吴总，为何顶替的是会长？

会长是否真的动用资源、关系保过吴总？

会长有次说"希望吴总吸取教训"是暗示什么？

为什么秦总一掌权，南国苑就要被撤走？

为什么会长一个电话，事情又有转机？

会长为什么宁愿打乱秦总的计划，也要帮一个与他不相关的南国苑？

太多太多的问题，再次涌上心头。

郭伟东拨出吴太太的手机。尾号888。

如果说事件起源于自己，那么吴太太是接第二棒的人。

电话关机。

又一念头出现，这个吴太太会不会是故意让私家侦探把绯闻照片公之于众？

这个吴太太是不是劝过无数次吴总，不要玩女人不要玩女人，是不是抓到过无数次现场，无数次捉奸在床或堵了个正着，然后吴总死性不改，吴太太只好出了个下策：同归于尽。

甚至，举报吴总偷税漏税、行贿的人就是吴太太！

一切皆有可能！

这一连串的设想，让郭伟东觉得心惊胆战。想起自己送出去的钱财，贿赂的官员，那也是一个不小的数字。

越来越觉得深不可测的会长，季宏达，又来了电话。地点还是神秘的大都第。

内容当然是关于南国苑的去留。

任何事情到了会长这里，总是四两拨千斤。会长抱头靠着沙发，轻巧地说，兄弟，搞定。

郭伟东看到茶几上放着一沓文件，董事会会议纪要。拿过来一看，最后一条讨论的就是南国苑。结论是，董事会通过决议，保留南国苑酒店和经营风格。

这事了结了，走，一号楼去。会长起身。郭伟东跟了出去。

一进一号楼，就看见了墨莉。

墨莉蜷缩在上次坐过的那个沙发里，还是穿着立领旗袍，只是袖子长了些。旗袍上，暗色的凤凰在盘缠。

看到会长来，墨莉身子坐正，抹抹头发，变脸似的，浑身容光焕发。会长手伸过去，揽着腰，没等烦吧。

没有。墨莉吱了声，又说，你朋友跟你打招呼。

会长收回手，招呼朋友去了。

郭伟东心情说不出的喜悦。

讲个故事吧，文化人中的商人，商人中的文化人，郭总。墨莉前倾着身子，胸前紧绷绷的。

南国苑的事彻底解决，郭伟东心里宽敞了许多，讲了一个故事：

　　我给你讲一个老头的故事。他是个浪荡公子。

　　在他九十岁那天，他想送一件礼物给自己，也就是和一个未成年处女那个一夜。这想法太强烈了，于是，他联系了相熟的老鸨——老鸨，知道吧？对，妓院老板娘，差不多就这意思——当天晚上，这老头走进了一个妓院的房间，躺在床上的，是一个光溜溜的十四岁少女。老鸨给她吃了迷药，所以女孩昏睡不醒。

　　嘿，这老头却吓得有点不知所措了。作为一个男人，他并不是毫无经验的。相反，他九十岁的人生丰富，浪荡得很：他到五十岁的时候，就已经睡过五百一十四个女人，而且是个个都付钱的。即使女人不要钱，他也会强迫她收下，把她变为妓女。他年轻时订过婚，但在最后一刻逃了婚。他的特点是，不愿对任何人负责，哪怕是对一只小猫小狗。

处女到手了，但他并没有和她那个。一整夜看着纯洁如雪的少女，这个老头看呆了。他突然发现，从未爱过的他，在这个十四岁的妓女身上，找到了真爱，几十年以来的第一次有爱的感觉！

哎哟，不得了哦！这个老头爱得发狂，他变了一个人，他每天晚上去找这沉睡的处女，在她简陋的房间里摆上油画和书，在她耳边轻轻朗诵诗歌，吻遍她的身体但也就仅此而已。他变了一个人，因为有爱，他自己变得很开心、很充实、很年轻。

忘了讲，这老头，他本是个专栏作家，平庸的专栏作家，写的文章矫揉造作，报社都按最低标准给他开稿费。但是因为有爱，他改变了自己的专栏风格。无论是什么主题，他为她而写，他为她哭，为她笑，为她把自己的生命体验写在每个字符里。同时，老头面对这个女孩，直面自己过去的一生，总结、反省那些窝囊、堕落与卑劣。文章真情流露，又这么真诚，自然很打动人，结果老头一炮而红，成了著名作家。

当老头九十一岁生日到来的时候，他知道自己快要不行了。于是，他把自己全部的财产都赠送给他的女孩。老鸨悄悄告诉老头，那年轻的小处女，其实早知道他为她做的一切，并且在她心里，爱他爱得发狂。这个将死的老人，在最后一刻，感到自己有了新生命，安心地去了。

故事讲完了。墨莉听呆了。郭伟东等着她出第一声。一分钟、两分钟，五分钟后，墨莉才笑了一下。

好值得琢磨的一个故事。墨莉说，你写的吗？

不是，是国外一个叫马尔克斯的作家写的。我也就是看了个故事梗概，觉得蛮有意思，现学现卖给你了。

马尔克斯……我知道，就是《百年孤独》那个作者，加西亚·马尔克斯。

好像是这个全称。你很了解嘛。

大学读过《百年孤独》。

这小说挺厚的，你还有这个耐心？

是啊，现在的人，啥都不缺，就缺耐心。听音乐也是这样，稍微慢一点的、古典一点的，大家就没兴趣了。什么东西都要轻、快、透、露。包括服装。

还有爱情。

是的，现在的人，连恋爱都嫌浪费时间。

两人你一言我一语地聊着。不知何时，墨莉的头发散落下来，卷曲在肩膀上，眉低眼垂，妩媚中稍带着哀怨。这丝哀怨，让郭伟东想起一句诗：丁香一样的结着愁怨的姑娘。

我要给大家弹琴了，到化妆间准备一下。墨莉说完，会长过来了。

会长拍着郭伟东的肩，又好像是对墨莉说，我下去停车场等个客人，我就不看你的表演了。

会长走了。墨莉也起身，走进舞台边上的暗道。推开小门，灯光撞了个满怀，再次把墨莉的腰身照射出异样的光彩。

墨莉似乎停了停，然后关了门。

看着狭长的暗道，郭伟东坐立不安。两条腿不停地抖。

抖了很久，墨莉很久也没出来。

郭伟东往后瞄了瞄，没见到会长。突然不抖了，郭伟东进了暗道。

推开门，侧身进去。

墨莉正在镜子前，站着，呆呆地。

镜子前头的灯已关。光线微暗。

墨莉很镇静，没说话。

郭伟东上前一步，抱住了蛇一样的身子。

唇压着唇。

唇齿间还有红酒的甜味。

胸压着胸。

压到墙上。

压到呼吸上。

郭伟东手动起来，隔着绸纱，探索前行，用一个老男人的耐心和力度。

墨莉软了下来，咬着耳朵说了一句，就知道你是个坏人。

郭伟东发现自己的身体很久没膨胀了，不知道回一句什么好，大力地顶着。

登台时间到了，下次。墨莉又说了一句。

手起音出，看着台上的墨莉，郭伟东发现自己的防线崩塌了。

一曲一曲又一曲。

墨莉似乎要击破手里的琴，方肯罢休。

她在诉说什么？

不知道。

她心里在想着会长还是自己，还是别的人？

不知道。

她对自己刚才的举动是怎么想的？

不知道。

郭伟东只想知道，何时再会？

还有没有机会再会？

琴声落下。

会长过来了。

会长照例挽着墨莉，凑近鼻子，闻了闻她的头发，像是欣赏，像是检阅。然后一会儿说，郭总，下个周末，商会联谊，南昆山，一定要参加啊。

一定。郭伟东应道，然后端着酒杯走出了一号楼。

楼外，夜色阑珊，清风送爽。可郭伟东心里乱极了，把杯中酒干掉，然后找到被人群围着的会长，道了声别。

没见到墨莉。

郭伟东离开了大都第。

十三

南国苑的续租合同顺利签完。这场暗战终于尘埃落定。郭伟东在粤悦酒楼举行了一个小型的庆祝会。

——敬酒，感谢兄弟们的并肩战斗。法制越来越规范，生意越来越难做，以前是拼关系，现在要拼实力。郭伟东向几个高层吐露心声，城市就是一个高压锅，我们每个人都是小馒头，加班要适可而止，制度要照顾一线，公司要成长，员工更要成长，要让员工感觉到，不是为公司打工，而是为自己打工。

酒喝到办公室宣传小金那儿，小金问，郭总，酒喝完，你不会又要上山了吧？

郭伟东说，应该是。

会削发为僧吗？小金又问。

看机缘。郭伟东笑答。

周末的商会联谊，去惠州的南昆山。又是三台大巴。郭伟东坐在最后排，看着会长阳光灿烂地唱着歌，开着女导游的玩笑。

郭伟东突然觉得，这会长就是一黑山老妖，他一掀黑西服，天都要暗淡下来。他再一掀，无数个美女就现身出来，墨莉就是其中一个。

闭上眼，想起墨莉。那蛇腰梨臀，圣洁的脸庞，像刚从牛奶浴里出来。那喷薄炙热的气息，埋伏着的峰峦，微微湿润的颈脖。还有一丝哀怨。要命！

吴总说女主播白兰是狐狸精。

墨莉才是狐狸精！

两小时到了惠州。老板们应酬着，谈项目，谈女人，谈政治，谈股票。郭伟东远远看着会长，红光满面，杯来盏去，左右逢源，你来我往，手舞足蹈，醉话连篇。

夜色杀到。郭伟东进了自己的房。这回，每人独立一房。

站在窗前，山色如墨。一如郭伟东的神色凝重。

郭伟东决定出走，回深圳。

离开房间前，郭伟东把被子抖乱，拖鞋撕开，毛巾浸湿。

把这一切做好，郭伟东觉得很可笑，一脚把拖鞋踢得老远。

花高价打了一辆黑车，趁夜狂奔。

一路上，郭伟东闭目养神，排除万难，啥也不想。

进入市区，郭伟东开了自己的车。刻意开了商务车。

加速，加速，直接冲进大都第。呼叫墨莉。我就在停车场等你，到了，你出来。

五分钟后，墨莉翩跹而至。上了车。

两人坐在车上，再无他人。

去哪里？

旁边就是一个汽车电影院。

一个转弯，取卡，交钱，就停进了露天电影院。

郭伟东连车都忘了熄火，搂住墨莉。

放倒椅背。

把墨莉推到最后排座位。

女神一样的狐狸精。

一条果黄色的过膝筒裙，一件无袖半透明丝质衬衫，头发电得微卷，足有十公分高的白色细跟高跟鞋，裸色丝袜。

钻木取火般的吻。

想就此吞掉对方。

衬衣在磨蹭中被打开。两瓣颤动的果实，散发着奇异的香味。

郭伟东手顺着裙摆摸进去。丝袜是吊带丝袜，大腿跟上的蕾丝让腿更显柔滑。指尖再往上走一点，一股湿润的热气困顿其中。

这热气连接了郭伟东血液里的热气。正负极，通了。

墨莉开始不能自已，反跨在郭伟东腿上。

狂热。

狂乱。

凶猛。

凶横。

郭伟东看了一眼前方，大屏幕上正放着一个激烈的战争场面。机枪扫射，炮火连天。

郭伟东没有打开接收调频。两人仰在座位上，舒展地伸直大腿，看着眼前的电影。

回到默片时代。

战争片已经结束。接下来是一个搞笑片。看着看着，两人在车里笑起来。

电影到了一半，剧情突然悲伤起来。郭伟东把车开了出去。

车流连在高楼大厦间，没有方向。墨莉头歪在郭伟东肩上，郭伟东时不时腾出手抚摸着墨莉的肩、脸、耳垂，还有乳房。

两个人，像多年的老情人重逢。多讲一句话都属于多余。

可其实，郭伟东并不了解墨莉。

除了她是会长的女人。

想到这，郭伟东还是问了墨莉一些情况。墨莉，从音乐学院毕业刚满一年，学的是民族器乐，一次商业庆典表演中，认识季会长。季会长说，他接手一个会所，请墨莉驻演，报酬很高。墨莉从会长眼神就知道这其中肯定还有其他的意思。但墨莉太爱民乐，为了有表演机会，答应了。会长像父亲一样照顾墨莉，像男朋友一样大方付出，第二个月就送了一辆甲壳虫，接下来还要送房子。

你说他为什么这么大方，对我？他没有睡过我一次，但他却说他很满足。

会长花钱花在你身上，一方面是让你开心，但更重要的是他自己开心，他跟你在一起，要的是那种找回青春的感觉，要的是那种美好的小情调，所以他心甘情愿。郭伟东说，送一辆车、一套房不算多，有一天，他就是送一个家族产业给你，也不算多。

墨莉似懂非懂，头靠过来，手弯过来，问，很晚了，接下来去哪里？

柔情四起。

去酒店。郭伟东说。一脚油门踩得飞快。

一个要拯救他人的拯救者，把自己埋了。

有些事情，不要怪事情来得突然，也不要怨自己不小心，或者恨别人太无情。

只能说，因果报应，或者世事无常。

随你怎么理解，都行。

因为事情已经发生了。

一夜温柔乡醒来，第二天郭伟东把墨莉送回大都第。掉个头，沿林荫小道下坡，准备返回公司。突然一辆吉普从侧面冲出来，躲都躲不及，喱，两车相撞。郭伟东下车来，对方是个瘦小个子，一跳下来就骂骂咧咧，全是脏话，妈拉个逼，找死啊，傻逼。

郭伟东觉得奇怪，问，一大清早的，你这什么态度。

小个子扬起脖子骂得更凶，靠近来，推推搡搡。

没闻到酒味。

郭伟东后退三步，准备自认倒霉，开车走人。

没想到，小个子居然拉扯着，一拳头挥在郭伟东的小腹上。

呀！小个子拳头里带着针！

郭伟东感到几秒钟的刺痛后，自己踉跄几步，就倒在地上。

然后意识到自己裤腰带给解开，内裤被拉下。

一阵心脏被连根挖出一样的剧痛，让自己从麻醉中惊醒。

痛从裤裆里来。

一摸，一手的血。

血多得像团淤泥！

两腿间的那东西被割了！

剧痛。

痛得要晕死过去。

郭伟东扯掉地上的一坡草，咬在嘴里，让自己站起来。

小个子早已人车逃走。

血乎乎的一团肉，正落在脚下。

清晨的山道，空无一人。

郭伟东把衣服扯下来，揉成一团，按住下身。

巨大的恐惧包围着。

打电话，120通了，一声两声三声，怎么没人接？！

郭伟东手抖着，突突突，连手机里的通讯录都打不开。

直接拨号码。

拨谁的号码？

郭伟东能背得出的，只有一个人的号码，那就是前妻岳月红。

电话通了。

只响了一声，岳月红接了。

快，快来救我。郭伟东叫喊着。水库唯一的一条上山道，快，帮我叫120。

十五分钟后，岳月红前脚到，120救护车后脚到。

一身睡衣睡裤的岳月红吓坏了。车也不要，跟着上了救护车。

郭伟东早已痛昏过去。

再醒来，病房里灯光明亮。郭伟东发现自己腰腹部被一个铁架子固定住，动弹不得。

岳月红守在旁。郭伟东问，现在是什么时间？岳月红说，现在是深夜，第二天的深夜。

岳月红说，医生说了，送得及时，失血缺氧不多，组织没坏死，手术也很成功，三个月痊愈后不会有影响。已经报案了。车也拖回保险公司了。

郭伟东望着两眼浮肿的岳月红，你辛苦了。

岳月红还像以前那样，称呼着郭伟东，伟哥，到底发生了什么事啊？

郭伟东说，没什么，过去了。

岳月红流下泪来。

病床上的第三天，警察就来了做笔录。这个笔录其实就是个套路，因为小个子已经自首了。现在人在看守所，检察机关很快以故意伤害罪起诉。

警察出示了小个子穿着看守所衣服的照片。

小个子一脸平静。

警察补充说，这小子得过散打冠军。

一切都太蹊跷。

郭伟东问，知道这幕后黑手是谁吗？

警察答，目前暂时查不出有什么幕后，但我们会尽力调查。

郭伟东知道，再问也是多余，说了声谢谢。

郭伟东似乎想起了什么。但又不愿意多往那条道上想。

身子虚弱如丝。

整个人，往上飘，往上浮。

想脱离衣服。

想脱离病床。

想脱离医院。

想脱离城市。

想脱离世界。

想到一片云朵上去。

最好，连一丝风都没有。

十四

郭伟东在开他的"蓝绸带"基金成立新闻发布会之前，自己去了趟监狱。

郭伟东总觉得，他最对不住的一个人就是：吴总。

自己想要拯救吴总，却把吴总整到监狱里去了。

这当然不是郭伟东的本意。

住院的时候，郭伟东就看到了报道。吴总的案子判下来了，没收财产，以行贿罪名，判刑五年。那几个官员，三年、七年、十年不等。

看到新闻那天晚上，郭伟东再打吴太太尾数888的电话。这次，电话通了。

显然，吴太太知道来者是谁。吴太太说，每个月的十六号是探视日，你来吧。

躺在病床上，郭伟东闭上眼睛，却再也想不出吴总和吴太太的模样。一点也想不起，就像记忆被抹去一样。郭伟东再想其他人，会长、秦总，还有墨莉，都想不起来他们的面孔了，像煳掉了的粥，水不像水，米不像米。郭伟东想，城市里生活就是这样，每天遇到不同的人，和不同的人握手、吃饭、讲段子，甚至做爱，但瞬间忘掉。

郭伟东清晰记得的，只有一个人，前妻，岳月红。

因为，她就在床前。

第一个探视日郭伟东就去了。

阴冷结束，阳光明媚。走上监狱门口的长坡，人都有点冒汗了。

会见室清爽明亮。吴总顶着光头，在一个干警的陪伴下，出现在有机玻璃前。吴总瘦了，肚子瘦了，脸没瘦。吴总没有着急拿起红色的对话听筒，反而是坐在凳子上，望着郭伟东，面无表情，凝视着。眼神里是平和。

吴总似乎在回忆什么，又似乎是在琢磨开口第一句话要说什么。

足足有一分钟后，吴总才拿起了听筒，缓缓说了句，兄弟，还好吧。

郭伟东浅浅地笑了笑。这浅浅的笑，连郭伟东都分不清是尴尬，还是悲哀。

两个老男人隔着玻璃，仿佛隔着千山万水，隔着一个时代，沉默无语。

很久，吴总问了句，生意怎样？

还行，我都很少插手了。郭伟东答。

哦……

季会长大年初一跑到美国，音讯全无，个人在国内的账户全转到了国外。现在新井商会已经解散，买下来的办公物业，等着拍卖……

兄弟，别告诉我这些事，我一点都不想知道。吴总打断了郭伟东，一切都跟我没关系了，没关系了。我现在觉得在这里挺好的，每天早上六点半起床、吃早餐、出操、列队、跑步、唱歌，每天中午一菜一汤，晚餐两菜一汤，晚上看《新闻联播》，十点准时睡觉，睡得比在外面安稳、踏实，分配的劳动也不重，组装电子钟，这都是我当年打工时的拿手活⋯⋯

淡然的表情，挂在吴总脸上。

吴总把听筒换了个耳朵，说，他妈的，这人也是奇怪，以前赚再多钱都觉得少，账面的钱多得要数好几次才数清楚到底有几位数，现在呢，以后出去了，回老家开块地，种水稻、种白菜，养头猪，粗茶淡饭，老子真的可以做得到。人的欲望真他妈的奇怪⋯⋯

一路上想到的很多问题，郭伟东都憋回去了。

比如：谁举报的吴总？

为什么偏偏是会长顶替了吴总的股份？

会长为什么出逃美国？

加害自己的小个子背后藏着什么人？

是会长发现自己搞了他的墨莉，然后买凶伤人？

还是吴总发现自己是导致他出事的祸害源头，然后买凶伤人？

⋯⋯

吴总放下听筒，向远处的干警示意，主动结束探视。

干警走过来。吴总拿起听筒说了最后一句话，兄弟，谢谢你。

一走出监狱，就见到了吴太太。

显然，她在外面等着郭伟东。

吴太太变化不大，昔日的富贵，仍留在脸上、发型上、衣服上，甚至是挎的包包上。

从第一次见面，吴太太就给人四平八稳、沉得住气、运筹帷幄的贵妇人印象。此次家庭变化如此之大，那分大家之气，仍然未退。

吴太太和郭伟东在监狱附近的一个小餐馆里，要了两杯茶。

茶上来，吴太太说的第一句话，和探视吴总时说的最后一句话，一模一样：

谢谢你。

这个"谢谢你"，是吴总交代的，见到你，一定要说一句"谢谢你"，同时也是我要对你说的，真的。吴太太手握茶杯，像是在取暖。郭伟东看到，大片大片的叶子在水中翻腾、展开，一瞬间，水有了茶的颜色。

吴太太的心情显然要比吴总平稳。吴总表面装得平稳、淡然，但他心里仍没放下，面对往事，不愿重提。

吴太太说，吴总出事，首先出在他自己身上，一他不该去找新闻界的女人，二他不该去碰会长的女人。

白兰是会长的女人？！

郭伟东想起吴总说过，认识白兰是在一个朋友的新公司开业酒会上，但他没说这个朋友是季宏达，季会长。

季宏达是个老狐狸啊，怎么能惹呢！吴太太说，娱乐版一登新闻，大丢面子的何止是吴总，是季宏达啊。谁敢搞会长的女人？也只有我家这个男人！

谁敢搞会长的女人？

吴总。还有，郭伟东！

郭伟东在心里自问自答，心头冒出一股冷气。

知道最早是你告密时，吴总一开始是恨你的，他甚至说要找黑社会把你做成哑巴，封了你的嘴。但后来，他自己说，在看守所里，看到比他身份更显赫的人，大有人在，他渐渐明白，人生就是这样，起落无常，人各有命，有因有果。吴太太把焐热的手放在另一只手上，说，说实在的，他进监狱后，判五年，我觉得也值，这件事不出，过几年也会出其他事。公司的摊子这么大，吴总这个人这么张扬，过几年出的事，估计更大，那判的可能不是五年，是十五年，是枪毙。何必呢，人生短短，苦海无边，早醒悟，早安心。

郭伟东感觉又回到了寺庙里。方丈正在上着早课。

现在家里缺钱吗？需要帮助尽管说，我和吴总也是兄弟一场。郭伟东问。

不缺，挺好。我现在就在这附近租了个房子，不是探视日时，我就每天早上跑到监狱警戒线边上，听吴总喊"到"。干警早上要点名，喊到吴总的名字，就听到他答一声"到"。你知道，他声音洪亮，声音大得很。听完"到"，我就回家了。

郭伟东听得唏嘘万分，想起守在病床三个月不走的岳月红。

吴太太继续说，那个女主播还算有良心吧，花岭高尔夫别墅不是写她的名字吗，她上周给卖了，她找了很多人，找到我，把房子的本钱还给我，她要了增值的那部分。光这笔钱就三百万。再加上吴总这么多年带过的小弟，他们都混得很好，也都给了我们一些钱。别说三年五年，就是十年八年，吴总出来啥也不干，生活也完全够了，再说，我还有能力挣钱的嘛，这个小饭店就是我开的。

孩子呢？郭伟东问。

孩子在国外也毕业了，也不需要我们操心了。吴太太拿出手机，屏幕就是孩子在国外的一张照片，嘴巴咧得大大，笑得很开心，旁边一个女孩，很漂亮，估计是女朋友。

挺好，挺好。郭伟东喝了一口茶。茶叶在嘴里，没吐出来，细细一嚼，苦中带甜。

十五

郭伟东的"蓝绸带"基金成立新闻发布会，邀请的媒体阵容很强大。上至中央电视台，中至广东、深圳省市报纸，下至区、街道小报。新闻网站，微博达人，意见领袖，线上线下，全媒体。

发布会选择在周六的下午，地点是中心公园。

无数游园男女，不请自来，见证启动一刻。

众记者问，蓝绸带，什么意思？

郭伟东说，说句大白话，就是"反出轨协会"。大家知道吗，妇联刚披露的一组数据表明，出轨，是导致城市家庭破裂的第一杀手，占了八成。蓝绸带，就是要反对出轨，促进家庭和谐。我们会为家庭中感情受害者提供帮助，这个帮助有心理咨询、法律咨询，甚至提供免费的法律援助服务；会定期请来社会学家、婚恋情感专家剖析两性关系；会请形象、园艺、插花等老师，教大家外修形象，内塑气质，丰富家庭生活，增加个人魅力，赢得配偶欣赏，降低出轨概率。蓝色，大海的颜色，代表平静和谐；绸带，柔软，顺滑，也有捆绑、维系之意。

有记者开玩笑说，出轨的男人和"小三"，一定恨死这条"蓝绸带"了。

郭伟东说，未必，"小三"也可以是我们关爱的对象，另外，出轨的还有女人，不要把责任全怪到我们男同胞身上，哈哈。

有个女记者问，为什么想到成立这个基金？跟你的经历有关吗？

郭伟东一笑而过，说，主要还是响应党和政府的号召，共建和谐社会，家庭不和谐，社会怎么能和谐，是吧。

主持人果断地宣布仪式到此结束。

就在走下台时，郭伟东远远地看到了一个熟悉的身影。

墨莉。

她冲郭伟东笑了一笑。

郭伟东朝她挥挥手，但没有走过去。

墨莉也转身走了。

郭伟东再次对着她的背影挥挥手。

似乎这一挥手，就把她从生活中抹去了。抹去的还有蔷薇、夏荷、穆丹、邱菊、小草，等等，等等，等等。

发布会结束后，郭伟东、老田在一起喝酒。基金会，老田也出了一笔钱。

酒至三分。老田打开iPad，上网，几个新闻网上已经挂出"蓝绸带"新闻。"蓝绸带"旁边的一条新闻，挺有意思。老田哈哈大笑，故意大声说，这条新闻不能给你看，否则你会伤心死。

郭伟东夺过电脑，点开新闻，好大一个标题：

方丈还俗完婚引争议，昆明筇竹寺清贤方丈迎娶26岁女老板

连方丈都控制不住欲望了，何况你我凡人。老田长叹一声。

我也要结婚了。郭伟东对方丈结婚没有发表一句意见。

跟谁？老田问。

前妻，岳月红。郭伟东答。

她跟她现任老公离婚了？

是啊。

为什么？

还不是因为搞女人。郭伟东自己给自己倒了一杯酒，满得都溢出来了，酒瓶一顿，慢慢地说，妈的，滚了这么多女人，滚来滚去，还是滚回了最初的女人。

爱，在永别之后

一、濒临死亡

"这位小姐，我问你，如果绳索断了，你马上要掉进海里，这时候只让你说一句话，你会说什么？"

"救我、救我、救我。"

"哈哈。"

"笑什么？如果是你，你会说什么？"

"筋斗云！"

"扑哧——啊，救我！"

前面的女生，终究还是被教练推下去了。她在跳台上磨蹭了至少十分钟。教练和她男朋友让她放弃，她又赖着不肯。教练手还没伸过去，她就叫得不行。教练这个招数算是让她轻松一跳，完成愿望了。

皮肤黝黑、一脸络腮胡子的教练微笑着，示意青竹下一个轮到她。你别说，这教练还真有点像会筋斗云的悟空。

青竹一步站定在跳板上。

五月底的澳门，一直在下雨。雨一停，白云像山洪暴发一样堆积在天空，天气也格外热。

高塔之下，是海和城市。跟异常耀眼的云朵比较起来，它们显得安静。

更安静的是自己，青竹觉得。

什么都不说，什么都不想，青竹就这么从北京坐飞机到深圳，然后坐大巴到珠海，然后从拱北海关出关闸，坐"新福利"直抵澳门塔。

一切似乎都是冥冥中注定：上个月，青竹和新田去办港澳通行证签注的时候，本来只计划办香港的，结果填表的时候，新田提了一句"要不顺带把澳门也签了吧"，于是便把澳门也勾了。现在，果然用上了。

"准备好了吗？"教练"悟空"和他的同事，细心地帮助青竹系上安全绳，又用力地拽了拽。

风从耳边跑过。青竹看看天空，天空的云朵越发扎眼，像阳光下的雪。自己呢？青竹俯瞰脚下，海面和城市近乎凝固。汽车和行人都停止了，有不少人昂头仰望，似乎在等待她的归来。

"昂头等待她跳下的人中，应该有新田吧？"这个念头一闪而过，然后停留、停留、停留，然后涌上青竹眼眶，瞬间一片铁黑。

青竹一头倒入空中，跳了下去。

这个亚洲第一、世界第二高的蹦极跳，二百三十三米。坠落的过程不过二十秒。

这是怎样的二十秒？

心脏似乎瞬间飞出体外。心空了，一点都不存在了，包括自己和世界。因为看不见，也感受不到。

青竹想喊，但喊不出来。青竹有意识想用手去抠嗓子，但发现嗓子遗落在千里之外。

落地的时候，温和有礼的工作人员循例问要不要帮她拍照，并递上一些纪念赠品。

青竹都没要。一身黑裙的她，迎着一个风口走出去，挤进塞满游客的街道。她发现有人盯着她的脸看。

脸上热乎乎的。摸了一下，是泪水。

青竹是刻意要来体验这濒临死亡的感觉，但没想到自己还是流泪了。

二、五个愿望

从澳门返回北京，一路折腾。在机场，航班延误，临时更换登机口，又继续延误，有乘客把登机台砸了个稀巴烂，警察都出动了。坐大巴，汽车居然在半路抛锚。大家在汽车呼啸的高速上等候救援车，有人就地打起了纸牌，声音喊得比车流还响亮。回到北京，地铁里，坐在身边的两个大叔级别的男人，为欧冠赛某个球队，居然红脸争吵起来，就差动手了。

这一切，都没有干扰到青竹。她一直在昏睡。

太累了，太疲倦了。青竹只想睡觉。坐着睡，站着也睡。

一睡解千愁，醒来后即是新的人间。青竹努力暗示自己，蹦极结束，一切就结束，回到北京就是新生活。

"很快就会好的，自己会好的，新田他也会好的。"在断断续续的昏睡中，青竹默念这段话，告诉自己继续入睡。

再次醒来，已经是午后四点多了。地点是青竹租住的小房子里，北京五环的一个居民小区里。

拉开窗帘，明晃晃的阳光落在小屋里。此时的阳光少了一些毒辣，多了一些烘热。

青竹撕掉一页日历。昨天周六，今天周日。新的一页上，有六个铅笔字："婚纱""对比""决定"。

其中"决定"二字还画着圈。

青竹把日历盖在窗台上。

随即，又把她和新田合影的相框，也盖在窗台上。

青竹进去只容得下一个人的厨房，拉开冰箱找吃的。冰箱里满满当当：苹果、雪梨、芒果；土豆、西红柿、青瓜、圆白菜、鸡蛋；橙汁、雪碧、牛奶、冰水；速冻饺子（猪肉白菜的、素三鲜的）、汤圆（芝麻的、花生的）；蜂蜜、调味酱；冰淇淋、冰块。一应俱全不是重要的，重要的是它们一个个按照品种、门类摆得整齐、有序。冰箱像个收纳盒。

冰箱面板上照样有铅笔字："入夏饮食参考……"

新田喜欢用铅笔写字，永远都是轻轻的、淡淡的笔画，一点、一横、一竖、一撇、一捺、一弯、一钩。

青竹把冰箱盖上，回到床边，把盖在窗台上的日历和相框翻过来，恢复原状，立着。

"新田。"青竹在心里喊了一声。在澳门蹦极塔，青竹坠落过程中，一直想喊却找不到嗓子，在这个时候，终于接通了。

青竹拌着沙拉的时候，手机响了。

是小志打来的视频聊天。

接通视频，第一个出现的却是娜娜，然后挤进来的才是小志。

"青竹……哦，在家啊。心情好点了吧？"

青竹知道娜娜在找安慰的词，快声应道："没事，挺好的。新田的事，多亏了有你们帮忙处理。"

"什么话！自己人。"娜娜微微一挪动，小志的大脸捅了进来："定好了，今晚六点，老地方，吃饭，不准拒绝，就这样，一会儿见。"

小志关了视频。

这饭局是一定要去的。小志、娜娜是一对，他们同一个大学、同一级，不同专业，大四开始恋爱，一直至今。小志，跟新田是同宿舍同学、铁哥们儿。小志是个单纯、心细的男生，典型的理工男。娜娜则相反，一点都不像江南女生，倒像湘妹子，干练、直爽，有时候还蛮泼辣。

青竹和娜娜做过一年的同事，在一家时尚网站里。娜娜是选题编辑，青竹是平面设计师。两人的座位一前一后，性格迥异，居然十分默契。一年后，娜娜辞职做起自媒体。在一个小饭馆里，青竹给娜娜送行，娜娜带来了小志和新田。青竹和新田一见如故。两人互为初恋的单身狗，开始了平淡、真切、美好的恋爱生活，一直至今……

就这样，小志和娜娜、新田和青竹，四个同龄人，在北京这座庞大无比的城市里，结成极其要好、几乎不分你我的好朋友。他们之间的友谊，夹杂着同学情、同事情，更多的是一份了解、信任、互相帮衬、抱团取暖，以及一路走来的珍贵缘分。

"老地方"就是南锣鼓巷胡同里的一家川菜馆。这是他们四人的据点。味道好，菜量足，价格适中。关键老板严禁饭馆内抽烟。这一点，青竹喜欢。

小志和娜娜早早到了。他们两人坐一起，把菜也点好了。

青竹坐下，发现桌面上有四副餐具。

　　小志和娜娜真是用心。青竹触景生情，有些悲伤，但更多的是温暖和感激。城市越大，人越孤独，茫茫人海能有这两个贴心朋友一直陪伴，也是莫大的幸运与福气。

　　菜很快上来了。娜娜嘱咐厨师今天的菜不要过于麻辣，果然味道正好。

　　娜娜几乎没怎么吃，都顾着给青竹夹菜了。娜娜一边夹一边重复："瞧瞧你自己，瞧瞧你自己，脸色憔悴成什么样子了，我看了都心疼。"

　　"过去就过去了，别太悲伤。"小志说。

　　"听到没有，给我恢——复——正——常。"娜娜停下筷子，望着青竹，一字一顿地说。

　　青竹"嗯"了一声，然后问道："你和小志结婚的事，有什么需要帮忙的，记得把任务分配给我……"

　　"分配给你的任务就是你要开——开——心——心的。"娜娜说，"要知道，我和小志结婚的日子，也是你和新田结婚的日子，我们四人都定好了的。现在新田不在了，这个约定也不会改的。所以，接下来，我们都要高高兴兴、开开心心。"

　　"嗯。"

　　是的，新田和青竹、小志和娜娜这两对死党，约好了明天，也就是下周一早上九点，一起去朝阳区民政局登记注册、结为夫妻，然后一起在北京这座城市奋斗、打拼、买房、成家、立业。只是好事古难全，一个礼拜前，"四人行"中的核心人物——新田，不在了。

　　那天晚上，名牌大学高才生、IT 工程师季新田连续四十八小时加班，终于把最后一封邮件发送给上司汇报，然后迅速从密不透风、冷气十足的写字楼里走出来，三步并作两步一路小跑，终于赶上了最后一班地铁。他坐上地铁，发现自己今天很幸运：有位置坐。他安然坐着，打开手机，往"四人行"微信群里发了一条信息："加班终于结束，明天我和青竹提前度蜜月啦，到了台北给你们带好吃的！"

新田手机里播放的是他最喜欢的钢琴名曲《水边的阿狄丽娜》。在这首安详宁静的乐曲里，新田渐渐睡了过去，一直睡到终点站，睡到一个地铁安检人员发现了他。穿着黄色制服的安检人员，大力拍着新田："喂，小伙子，到站了！"然而，新田置之不理，不再醒来。安检人员一点也不慌，一边唤来同事，一边拨通警察电话。新田成为这座城市中无数个过劳猝死的年轻人之一。青竹以为第二天会有媒体报道此事，结果一个豆腐块都没有。新田的离去，像一阵清风，无声无息，宛如从未来过这世界。

新田的后事处理好后，青竹连着几个晚上坐上那趟地铁的最后一班车，找到新田曾经坐过站的那个位置。几个晚上，地铁里都是人潮汹涌，那个位置始终都有人坐着。坐在上面的人，有男有女，他们有的谈笑风生、指手画脚，有的一路沉默、目光呆滞。没有人理会旁边站着一个失魂落魄的女生。这个城市，人人都有自己的故事，你的悲喜，与我无关。

三人继续吃着。青竹假装大快朵颐地品味着一桌的美味，表示不必担心自己。

就在这时候，三人几乎同时因为一个声音停下了筷子。

对于青竹、小志、娜娜来说，这声音不陌生。

这不是胖子他哥吗？

扭过头去，循声而去，穿过人影，搜索定位。小志、娜娜互望一眼，齐声低语："果然是这厮！胖子他哥！"

青竹也看清了那身肥肉和快被肥肉挤爆的一身职业装：白衬衫、小领带、黑西裤。

胖子他哥改不了的大嗓门，正在说单口相声："我有一朋友，做微商的，干了一个多月就不干了，挣了十万，现赋闲在家。您知道他是怎么赚的钱？嘿，卖假货，腿让人打断了，保险公司赔的！我还有一朋友，刚刚跟我说他股票前天赚了二十万。您知道他是怎么赚的钱？嘿，他给人推荐了股票，跌停了，让人把腿打折了，保险公司赔的！俗话说得好，出来混，保险总是要买的。俗话说得更好，保险像怀孕，时间久了就能看出收益。说了这么多，俗话想表达什么？其实就是说：千山万水总是情，买份保险行不行。讲了这么多，您又说我没节操，为了卖保险讲段子。我这不是为了丰富你的业余生活嘛。好吧，最后，我就说一句实在话，对于一个恨嫁的姑娘而言，说所有的男人都不保险太绝对，但有份保险毕竟保险点。您说，是吧？"

不但坐在胖子他哥对面的两个女孩笑得东倒西歪，隔壁桌都在掩嘴大笑。

小志给胖子他哥发了个微信。胖子他哥几乎秒回头。娜娜一招手，胖子他哥艰难地小跑着，飞奔过来。

胖子他哥跟新田、小志是同一个宿舍的铁哥们儿。青竹当然是见过胖子他哥的。她和新田恋爱的第一天，新田就得意地告诉了胖子他哥："你有嫂子了啊！"结果，胖子他哥第二天就飞到北京拜见嫂子，然后在新田租的小房子里蹭吃蹭喝一星期才依依不舍返回深圳。

听新田说，大学的时候，胖子他哥死活不愿意人叫他胖子。有一天他的一个堂弟来大学找他。大家发现他堂弟也是巨胖，于是改叫他为"胖子他哥"。这个外号，他倒是爽快地答应了下来。

胖子他哥毕业后，是宿舍里唯一一个没有干专业对口工作的。新田做的是通讯工程，小志做的是网络安全，胖子他哥一毕业就干了保险，在深圳。中间有一年来了北京，一直寄居在新田的小房子里，干的还是推销，但不是保险，而是传销。迷迷糊糊进了传销魔窟后，胖子他哥居然很快清醒过来，没有被洗脑。他花了二十四小时骗过了严密的看守，还带着警察成功抓获了传销头目，拯救出来的全是清一色的大一新生，整整五十人。五十名大学生的家长，知道胖子他哥毕业后发展并不顺利，于是众筹了五万元，递给胖子他哥，鼓励他响应国家号召，大众创业、万众创新。

胖子他哥带着五十名家长的众筹款和殷切期望返回了深圳，再无消息。现在，他又出现在北京，而且重操旧业——卖保险。看来，他的创业失败了，如果他创了业的话。

老同学意外相见，逐一拥抱。

胖子他哥一眼就看到了桌面上少了一个人、多了一副餐具。餐具面前干干净净，没手机，没水渍。

胖子他哥多心细，越胖的人心越细。从青竹一身黑裙的打扮，胖子他哥脸色一沉。他很敏感。

小志拉了张凳子过来，按着胖子他哥坐下。

娜娜开了口："一个礼拜前，新田连续加班，一觉就睡过去了……再没……醒来。"

胖子他哥抱着小志，先是干哭，后是大哭，最后泪流无声。

胖子他哥要了四瓶啤酒，然后往新田桌前蹾一瓶，自己一瓶，小志一瓶，娜娜一瓶："青竹，知道你不喝酒，你就不用了。"

"敬新田，干了！"胖子他哥说。

"干了！"

"干！"

三人站起来，一手抱着肩膀，一手举着酒瓶子，咕咚而下。

青竹看到新田那个冰镇啤酒瓶上，有一个水珠正顺着啤酒瓶滑落而下，晶莹剔透。

胖子他哥比新田、小志都要感性。酒后，他和小志、娜娜聊起与新田有关的诸多大学往事：

新田是死飞自行车运动爱好者，一进大学就打工，一个学期下来挣到一辆酷得不行的日本产死飞车。新田不满足于在小小的操场上耍酷、飘移、倒踩画圈、抬头转把……他每个周六晚上还深夜骑行，风驰在寂静的长安街上。说来也奇葩，隔三差五的，新田就会在长安街或者附近的街巷里见义勇为，留下好人好事，比如：截获抢劫犯、小流氓，逼停碰倒行人想溜的交通肇事者，追赶上一辆顶级跑车告诉秃顶车主他的假发掉了……有几次还上了报，只是新田从来都是好事不留名，报道的标题永远都是"海淀区某高校学生见义勇为……"配的图片里，新田骑着自行车、戴着头盔。只有班里的同学认得出这是班长新田。为此，新田有个外号：死飞侠。

大四，最后一次足球联赛，计算机系永远碰上死对头化学系。计算机系不想当千年老二，但实事求是跟化学系比确实略逊一筹。大家都想赢一场让此生不留遗憾。于是，以胖子他哥为首的后勤小组想了一个损招：贿赂裁判。裁判居然被攻陷了。然而，就在比赛头天晚上，新田发现了其中蹊跷。新田主动要求更换裁判。结果，计算机系居然赢了那场比赛，不是化学系发挥失常，而是计算机系发挥超常，鬼使神差的，一个个能攻能防，连门卫一个大脚都差点进了球。

小志和娜娜刚恋爱的时候，相爱相杀，老吵架。有一次吵架，小志醉倒天桥下，新田深夜背他回宿舍，背回宿舍后发现小志手机不见了，自己又沿路找到天亮。找到手机后，新田以小志的名义和娜娜聊天，第一句话就是"我错了"，然后约定下午自习室见、拥抱言和、嗯啊嗯啊。

娜娜宿舍一姐们儿，被一鬼佬留学生骗财骗色。新田说："讨回钱财是必须的，但仅此还不行，还要教训一下鬼佬。中国姑娘温柔可人，但也不是软柿子想捏就捏。"但总不可光天化日随便打人吧，犯法的事新田不会干。一番调查后，新田发现鬼佬留学生居然是个双性恋。身材最匀称的新田自告奋勇，假扮一GAY约出骗子，不仅要回钱财还狠狠地虐了丫一回……

青春与往事，欢笑与泪水，一幕一幕。

只是，那个属于青竹也属于大家的，阳光、正直、逗逼的大男生——新田，永远不在了。

"小志，你还记得吗？"已经有了微微醉意的胖子他哥问起，"五年前，6月28日，毕业之夜，我们三人在操场上说的话？"

小志似乎有点喝多了，几秒钟后反应过来："记得。那天晚上，我们各自许下了毕业五周年后我们要实现的愿望。"

"你还记得你的愿望吗？"

"我的愿望是，毕业五年后，和娜娜在北京有自己的房子。可是，这唯一一个愿望都落空了。你的呢？"

胖子他哥抹抹嘴说："我的毕业五周年愿望是，第一，当老板，员工至少一百人；第二，成为知名演说家，机场任何一个书店二十四小时播放我的演讲光盘；第三，金屋藏娇，老婆不用工作，只负责生娃。我的愿望也落空了，理想丰满，现实骨感，我们都是失败者。"

"新田的呢？"娜娜抢在青竹前面问了。

胖子他哥看看小志，又看看青竹，欲言又止。小志也迟疑了一会儿，然后说："新田那时候单身狗一个，他的毕业五周年愿望，比我和胖子他哥的都多，也很细、也很浪漫、也很奇葩。我记得很清楚，那天晚上，月光下，他伸出五个手指对我们说：'我有五个愿望，平均一年一个。'"

胖子他哥接过话："新田毕业五周年的头两个愿望挺可爱，他想体验下不同的人生。第一，午夜驾驶法拉利跑车飙车一次，体验真正的速度与激情；第二，酒吧偶遇自己很喜欢的一个女歌星，促膝谈心，告诉她希望看到她的新作品。"

小志继续说："新田毕业五周年的第三个愿望是，回到老家，向当年羞辱过他的高中班花证明自己的实力、显摆一次；第四个愿望是，化解僵化了十年的父子关系；第五个愿望是，独自骑行雪山，挑战自己。"

"新田的梦想也失败了。"清醒的娜娜招呼服务员把账结了，把地上一个滚来滚去的空酒瓶捡起，"别灰心，房子会有的，面包会有的，一切都会实现的。"

"我们还可以奋斗，继续实现五年前许下的愿望，只是，只是新田就没这个可能了！"胖子他哥垂着头说。

"唉。"小志也一声叹息。

青竹执意不让小志、娜娜送自己回家。

晚上十点的北京老城区，行人和车都少了许多，夜风拂面，少了一分躁动，多了一分温柔。青竹想自己走一段路。

以前和新田也是这样，偶尔晚上到外面下馆子出来，一定要走一段路。哪怕公交车站、地铁站就在眼前，也要走一站地、两站地。两个异乡人，北漂肩并肩走在一起、搀在一起，说着闲话，看着霓虹灯闪烁和车水马龙。那种感觉特别踏实，真的是"此心安处是吾乡"。

青竹出生于南方一个三线城市，父母一辈子都在一个国有炼油厂里当工人。时代潮起潮落，炼油厂却一直波澜不惊。厂里近万人，有幼儿园、小学、中学、菜市场、超市、体育馆、银行、邮局、美食一条街……厂里的职工、家属一年三百六十五天可以不用出厂。青竹的成长也是如此，父母上班三班倒，管教谈不上严格，也没法严格，但也有一些规矩，比如几点该到家，外出需报告。这样的家庭，孩子容易走两个极端，一个是特别野，一个是特别乖。青竹属于后者。考上大学的那个夏天，青竹猛地意识到整个高三，她真的没有出过炼油厂！

大四毕业找工作，是留在北京还是回到小城？跟很多家长不一样的是，青竹父母希望青竹留在大城市闯一闯。青竹却想回到老家，当个美术老师。因为青竹知道自己的性格欠缺的一面：单纯、胆怯、怕热闹、喜独处、不善争取，也不懂拒绝。这样的性格，在北上广深挺不适合。最后的结果是，青竹听了父母的话，找到一份平面设计的工作，开始自己的职场小白生涯。尽管自己一直尽量避免，但几次的人事更替，还是让青竹感受到什么是办公室政治，什么是职场险恶，什么是把委屈吞进肚子里。

不过这一切都因为新田的出现而改变。新田阳光、正直、智慧，和他在一起，青竹就像鱼儿找到了水，自由自在，舒畅极了。新田让青竹这棵小竹子，有勇气并且带着憧憬，继续在北京这座巨大的水泥森林里拔节生长。

然而，这一切都化为回忆。

青竹停下步伐。马路对面那个婚纱摄影店，半个月前她和新田去打探过价格、服务。那是青竹比较满意的一家店。如果新田还在，应该最后的婚纱照会定在这家拍。

青竹走过去。婚纱店已经关门。陈列婚纱的橱窗也暗淡下来，但仍可以看到那些美丽的白纱。隔着玻璃，青竹打量着，忍不住伸出手扶在玻璃上，摩挲着，直到天空开始飘落雨点。

"下雨了！"青竹喃喃自语。

青竹想起，有好几次夜间散步，也是碰到下雨，总是青竹先说"下雨了"，然后新田拉起她就跑。

因为青竹有个不能淋雨的毛病，淋雨第二天必会发烧。

"下雨了！"青竹独自跑了起来。

青竹伸手，抓到的不是新田，而是雨水。

青竹泪水滑落。泪水混合在雨水里，流淌在脸上，冷暖分明。

青竹决定再去一次新田生前坐过的那节地铁车厢，去看看新田，跟他打个招呼，告诉他自己很想念他！

这一次很幸运，那节车厢那个位置居然是空的。

青竹坐了过去。

车厢出奇的安静，光线似乎瞬间由冰冷的白光变成了暖暖的黄光。

隔壁是一对母女。小女孩手里是一个小播放器，播放的音乐居然是新田最喜欢的钢琴曲《水边的阿狄丽娜》。母亲的手指在小女孩肥嘟嘟的胳膊上打着拍子。

宛如另外一个世界。

青竹下意识左顾右盼，却发现每个人的脸上都挂着微笑。

同时，青竹察觉自己被淋湿的头发、衣服，干爽了许多，一身轻松。自己的两个胳膊带着明显的温热，像是被人从后面环抱过。

"新田。"

"你还好啊？"

"我爱你。"

青竹在心里轻轻呼唤着，直到地铁终点。

事情一直都很奇怪。雨夜奔跑第二天，青竹居然没有发烧。一大早，青竹拿着温度计，一而再再而三地测量自己，最终确定人生记录被打破。

青竹把温度计放回抽屉。周一了，出门，上班。

坐在公交上，青竹依然没法控制对新田的想念。公交车刚开出一站地，她就想下车，转地铁，去新田出事前坐过的那节车厢、那个座位。她按着自己的腿，暗示不能继续这样，否则上班要迟到了。

公交车上，电台里正在播一首歌。这首歌很熟悉，是她和新田都喜欢的歌，张震岳《思念是一种病》：

> 多久没有说我爱你
>
> 多久没有拥抱你我所爱的人
>
> 当这个世界不再那么美好
>
> 只有爱可以让他更好
>
> 我相信一切都来得及
>
> 别管那些纷纷扰扰
>
> 别让不开心的事停下了脚步
>
> 就怕你不说
>
> 就怕你不做
>
> 别让遗憾继续
>
> 一切都来得及

这段节奏强烈的说唱歌词，像一把尖刀，划断了青竹缠绵不绝的思念。与其沉迷无休止的思念，不如为新田、为自己做点事，以此做个了断，让生活重新开始。无论如何，生活必须重新开始。

到了办公室后，青竹做了一个决定。

青竹做这个决定之前，喝了一杯冰水，她确定自己不是一时冲动，也没有受任何人的激将。

这个决定是，她来帮助新田实现他的毕业五周年愿望。

是啊，正如胖子他哥所说，他和小志还可以打拼、奋斗，继续实现五年前许下的诺言，而新田呢，人去梦空，没有可能了。

青竹不希望结局如此。

否则，青竹心难安。

青竹把小志、娜娜、胖子他哥叫到一起，地点仍是老地方川菜馆。

青竹说出了自己的决定。

最先出声的是胖子他哥："太好了，这个创意！我支持，我为你点赞，青竹，想想我都激动！当然，最好买个保险，飙车、雪山什么的，没保险不保险。"

小志踹了胖子他哥一脚，然后拿出本子和笔，刷刷刷把五个愿望的关键词写下：

午夜飙车，法拉利跑车；

酒吧偶遇女明星；

向高中班花显摆；

化解父子关系；

骑行雪山。

写完后，又重重写下青竹的名字，加上三个重重的感叹号，最后是一个铺满整页纸的大问号。

"怎么实现？！"小志问。

还没等大家回答，小志又在纸上写下一个数字：三十。

"今天距离毕业五周年的六月二十八日，只剩三十天！时间这么紧，任务这么艰巨，怎么实现？！"

胖子他哥激情下去了大半，一屁股坐下来："干什么事没难度？不过确实挺难，比我推销保险还难，难……难多了。"

胖子他哥转头问青竹："青竹，受什么刺激了，还是新田托梦给你了？"

娜娜朝胖子他哥挥挥手："去去去，正经一点。"随后，娜娜说，"你们男人不理解青竹的心，我理解。我支持青竹的决定。"

小志抢着发言："支持谁都支持，关键要看可行性。"

娜娜说："不做永远没有可行性。"

胖子他哥积极响应："娜娜果然威武，不愧是大学当过团支部书记的人，有魄力，有格局，手动点赞，三十二个。"

娜娜拿过小志的本子说："网络时代、自媒体时代，很多事情或许没那么难。"

小志拿回本子，看着自己写下的关键词，半天发了一句话："干吧！为了新田的梦想，支持青竹。"

"也是我的梦想。"青竹拽着娜娜，"请大家帮助我。"

"不怕，你看新田不在了，现在胖子他哥加入进来，咱们的'四人行'永远存在。"娜娜说。

"四人行，一定行。"胖子他哥欢呼。

小志和娜娜齐声呼应胖子他哥："不买保险行不行？"

胖子他哥快速反应："绝对不行。"

三、午夜飙车

第一个愿望：午夜飙车，还是法拉利跑车。

"要实现这个愿望，首先要找一辆法拉利。"小志说。

"怎么找？买是不可能的了。"娜娜说。

"把咱们四个人全部卖了都买不起。"胖子他哥说。

"你这么胖，没人买。买了还要叫个货车。"小志揶揄道。

"租车？"娜娜一拍拍到小志的大腿。

"我在搜索了。还真有名车租赁，宝马、奔驰……"小志手指在手机上快速滑动。

"有法拉利吗？"青竹问。

"……没有。"小志说，"别急，换一家……没有。"

"再换一家。"青竹说。

"……还是没有。"小志手指滑动慢了下来，突然叫了起来，"等等！唉……"

"还是没有。"娜娜、胖子他哥异口同声丧气地附和着。

"错，有了！"小志大叫。

青竹、娜娜、胖子他哥呼啦围了上去，四个头碰在一起。小志手机屏幕上正闪烁着一辆金黄色的跑车。小志放大图片，指着车头的车标说："没错，法拉利，日租一万二，且在北京。"

"价格我接受。"青竹应道。

小志致电过去，得到的答复是晚上十点下班，现在可以来看车。

四人三口两口把饭扒拉完，一口气都没停歇，来到了汽车租赁公司。

接待四人的还是汽车公司的老板，一个肌肉男。

黄色法拉利摆在车库最醒目的位置，油光闪亮。老板用遥控锁打开车门："来，感受下。"

小志和胖子他哥抢着进驾驶室。小志一摊手："你进得去吗？"

胖子他哥噘着嘴默默退出。小志补了一句："大学的时候，谁给你普及的汽车知识？"

胖子他哥嘴放了下来："小志老师，请。"

小志是个汽车发烧友。他坐进驾驶室后，没怎么操作就出来了。老板正在一边打电话。小志掀开车头盖，两眼放光，扫了一遍。

老板走过来了，眼光带着询问。

"这内部装饰、外壳翻新过，行驶的公里数改动过，发动机大修过，这至少是十年前的老款式。"小志说得大家一愣。

倒是老板呵呵一笑："小伙子，专业啊。你要租新款跑车？难。新款跑车都在公子哥、富太太手里，谁没事买几百万新车用来出租啊？即使有实力的租赁公司，也不会买新款跑车专门用于出租呀。"

"那倒是。"小志没想到这个肌肉男老板居然这么和气，转而把眼光投向青竹。

"老板，那你说，这车能飙吗？"胖子他哥说，"说实话，别蒙人啊。我专门卖车险的，理赔过的名车见多了，跟一辆十万块钱的国产车轻轻一撞，人家没事，它居然龇牙咧嘴的，好在买了我们的保险。"

"当然能飙！瘦死骆驼比马大，好歹也是法拉利啊！"老板对这个问题不屑一顾，突然停了一会儿，"什么，你们要飙车？不是用来装酷、泡妞之类的……"

"而且是她飙车！"胖子他哥转向青竹。

老板惊得下巴快脱臼。

大家都等着青竹下决定，租还是不租？

青竹果断地摇头："算了，不合适。"

出了租赁公司门口，青竹说："既然是为了替新田圆梦，我想这个梦不能圆得太将就，要圆就圆彻底。还是继续找吧。"

租赁公司租车不成，但大家从肌肉男老板口中得到了一个线索。老板说了这么一句话："……新款跑车都在公子哥、富太太手里……"那么，就从公子哥、富太太入手吧。

第二天晚上，胖子他哥去了传说中的"一品紫荆"。百度一下这个位于三环边上的著名会所，会有各种顶级名流在这里留下斗富传说和各种八卦。胖子他哥收拾好自己，一身名牌——当然是假的。先是坐地铁来到三环，然后极其阔绰地叫了一辆宝马专车。坐上宝马，三分钟，一转弯，就到了"一品紫荆"。戴着有三个人头高的帽子的服务生，把胖子他哥引下车。胖子他哥特意回头跟专车司机说："十二点准时来接我。"

专车司机心领神会，恭敬低头、微笑："好的，老板，您放心。"

假得连胖子他哥自己都忍不住笑起来。

顺利通过第一关。会所在五十八层。观光电梯扶摇直上，可以看到美丽的夜景。这时，胖子他哥才意识到自己光顾着"武装"自己，忘记了吃饭。肚子哭着喊着一个字：饿。

到了五十八层，吓住了。这入口跟飞机安检似的，连包都要寄存。胖子他哥跟着一个男子去寄存，抬头发现一张海报："爱马仕之夜。"细细一看，明白了，今晚来参加派对，身上服饰至少有一样是"爱马仕"。

胖子他哥暗暗跺脚庆幸，自己身上全是网购的假爱马仕。腰带最明显，一个大大的"H"。

一个高大黑衣人，拿着检测仪给胖子他哥轻轻地扫了一遍，没异物。但黑衣人盯着胖子他哥的"H"腰带看了很久。原来，皮带头镶着的"金钻"不知什么时候掉了一半，斑驳的样子，极丑无比。胖子他哥掰了一颗"金钻"按在黑衣人手里："我妈咪给买的生日礼物，我嫌它太闪、太高调，没事就掰扯它。"

过了第二关。第三关难了。一进去就得消费。一瓶红酒五位数，而且是至少。矿泉水？三位数。

胖子他哥不敢坐，只好瞎溜达。音乐美酒中，公子们倒是随处可见。高调的人，双手放在沙发扶手上，高谈阔论。低调者，倚在落地玻璃窗前，和一长裙美女低语慢饮。

没有酒就没法跟公子哥搭讪。"简单！"胖子他哥想到一个地方：洗手间。洗手间里，守株待兔。然而，等胖子他哥一进洗手间，等待他的是两个黑衣人和一个西装男子。西装男子说："先生，您好，我是这里的经理，很高兴为您服务。请问您的会籍账号是？……"

胖子他哥正想脱身，也懒得编借口了："楼下有快餐厅吗？立等可取的那种。"

"下楼，左拐，麦当劳。"西装经理说。

饿得发晕的胖子他哥在麦当劳里一口气消灭了一杯大可乐、两个"巨无霸"、三盒鸡翅。

就在他打完最后一个饱嗝时，一扭头，看到了路边正停着一辆洁白的大跑车！哦，不，两辆，十米开外还有一辆，黑的！车里下来的，居然是几个看上去不过十八九岁的小年轻。

真是"一品紫荆"无觅处，得来全不费工夫。

胖子他哥冲到路边，先拍照，前后左右都拍。照片发到"四人行"群里，@小志："这货是不是新款？"

小志："是最新款。"

娜娜："哪里弄到的？"

胖子他哥："大块头有大智慧。"

青竹："辛苦你了。"

接下来发生的事，果然是辛苦胖子他哥了。

就在胖子他哥拍完照后，三个小年轻一拥而上，胖子他哥寡不敌众。最后，胖子他哥的脸被压在车头盖上。

胖子他哥艰难挤开眼，只见一个头顶扎着冲天小辫的小青年正在车里听着音乐、喝着啤酒。小青年关掉音乐问："拍我车干吗？没见过这么帅的车？我告诉你，我们家征地拆迁赔了一个亿，这两辆车一黑一白，都是我的！"

"能好好讲道理吗？"胖子他哥问。

"讲什么道理？"

胖子他哥也不知道该讲什么道理，好在脑子转得快："你年纪轻轻开跑车，还在车里喝酒，很容易出车祸的，我劝你最好是买个保险。"说完，一张名片飞进了驾驶室里，"敬请收藏，以备急用，车险寿险均可办理。"

"给我打。"

胖子他哥受苦了。好在打人者是三个毛头小伙，不是"一品紫荆"里的高大黑衣人。好在胖子他哥一身肥肉，经打，全当健身减肥了。

胖子他哥寻觅公子哥未果，倒是娜娜有了好消息：她找到了一个富太太。

娜娜在时尚网站做编辑的时候，有一期主题是"看车识女人"，主编让她采访了一个法拉利跑车的超级粉丝——富太太丁小香。丁小香在外头的身份是某高档家具公司的董事长。后来了解到，她不过是一个傀傀，一个用来当门面的富太太而已。操纵她公司的人是和她办了假离婚的丈夫——一个大权在握的地方要员。丁小香不爱名牌包包名牌时装，因为那都是小物件，彰显不了她的身份。她爱名车，而且一定是法拉利跑车。

娜娜采访丁小香那天，丁小香拉着娜娜的手，送上一个绿油油的手镯。丁小香说，自己就像一个手镯，一开始冰冷坚硬，接触多了，才会发现她的另外一面：温润、缠绵。

虽然不知道这个玉手镯到底值不值钱，但至少说明丁小香对自己印象还不错。娜娜这么一想，立即给丁小香发了条微信："小香姐，近来可好，在北京吗？"

简直是秒回！娜娜收到回复："来我的别墅吧，香姐想你了。"

一个定位地图随即发来：西山独墅。

西山独墅，京城数一数二的别墅区。这个别墅惊人的不是里面住了多少名流、明星，而是其设计之独特：八山、八湖、八户。偌大别墅区，只有八栋房子，在寸土寸金的北京城里，如此"地广人稀"，令人惊奇。

丁小香早早通知了保安，娜娜顺利进了西山独墅，登记都没用。娜娜一边饱览美景，一边往"四人行"群里发照片。

小志："亲，别拍了，小心保安和狼狗过来咬你。"

胖子他哥："一定要搞定富太太，下次好介绍给我……我们刚出了个富人财产保全险。"

青竹："要不要我现在赶过去，以显诚意。"

娜娜："不用。我还没提你的事。担心一提黄了。见了人再说。"

一通群聊，娜娜收了手机。循着指示牌，三步一回廊，五步一曲径，到了。

丁小香居然在门前候着。远远看到树影之间穿梭的娜娜，丁小香大力地招手。

进了丁小香的六号别墅，跟随其后穿越大大小小的房间、走廊。娜娜有点失望。套用"幸福的家庭都是一样的，不幸的家庭各有各的不幸"这句话就是："有钱人住的豪宅都是一样的，没钱人住的民房各有各的不同"。娜娜看到的无非金碧辉煌、金光灿灿，大皮沙发、大水晶吊灯、大厚地毯、大红酒柜、大游泳池、大健身房……跟电视剧里演的一模一样。

最后两人坐定在丁小香的私密会客室里，一个三十平方米左右，尼泊尔风情十足的小房间。丁小香居然首先检查娜娜的手，看有没有佩戴她送的手镯。发现娜娜没戴，表情有点失望，但转瞬即逝，迅速恢复了热情，起身开酒、倒酒。

娜娜哪有心情喝酒，直接说了此行的目的：借车一飙。

丁小香爽朗得很，说自己刚好买了最新款的法拉利跑车，说了一通型号和参数，娜娜也没记住。丁小香打开手机，划拉出十几张人车合影。娜娜说想去车库看看，被丁小香按住了："在你香姐这里，急什么嘛！"

丁小香和娜娜喝着红酒，谈起自己对娜娜的好印象：干练、直爽、女汉子。"我最喜欢女汉子，以后叫你'娜汉子'或者'娜爷'。"

娜娜倒没有什么不合适，她告诉丁小香："大学班里有一次排话剧《茶馆》，我女扮男装，演的就是侠骨豪情的'常四爷'。"

一顿闲话之后，丁小香在墙壁上一个暗格，点燃了一排香薰，不到一分钟时间，暗香浮动。这种暗香跟一般的香味不同，让人昏昏欲睡。

"常四爷，我想睡会儿。"丁小香按动一个遥控器，沙发自动变身，最后成了一个长条形的贵妃椅。

丁小香拉着娜娜也趴下，胸贴娜娜背脊，手搭娜娜腰间，很自然的样子。

娜娜有些觉得不适，但又说不出来具体哪里不适。

慢慢地，娜娜就觉得不对劲了。丁小香身体在蠕动、在哼哼唧唧。

"香姐你怎么啦？"

"别动，常四爷。"

丁小香扳着娜娜的肩，娜娜翻了过来，和丁小香面对面。丁小香第一个动作居然是牵着娜娜的手，游走在自己身上的敏感部位："常四爷，你好棒！"

娜娜挣脱手，起身看到的第一个东西是墙角里的一尊铜佛：男纠女缠、情欲乍泄的欢喜佛。

……

"吓死本宝宝了！"这是娜娜逃离西山独墅后给"四人行"群里发的第一句话！

青竹："吓人、变态。"

小志："幸好你走得果决，说不定更恶心的动作还在后面。"

胖子他哥："常四爷你太沉不住气了，别一走了之啊，我这个月的签单任务又泡汤了。"

娜娜："谁说我没沉住气！我起身的时候，不忘任务在身，问富太太：'跑车还能借我吗？'你猜她怎么说：'我就是你的车。'"

青竹："真有你的。"

小志："看来她第一次送你玉手镯，就有意思了，只不过你没有送上门去。"

胖子他哥："唉，寂寞空虚冷。我怎么从来没碰到过，可惜！"

胖子他哥经受皮肉之苦，娜娜遭遇变态富太太，青竹过意不去，把三人召集到"老地方"海吃了一顿。

小志带了一个朋友过来。

小志介绍说："宫兵，我的前同事。去年考了公务员，到了市交警，负责整个北京重要路段的网络监控。他给我们提供了一条可靠线索。"

宫兵的线索是："上个月，我和同事通过监控发现，隔三差五的，总会有一辆红色跑车在午夜三点时分，疯狂飙过二环路……"

"传说中的'二环十三郎'又出现了？飙完二环只要十三分钟？"胖子他哥打断道。

"十多年前的'二环十三郎'，专门挑晚上九十点钟正常车流飙车，这哥们儿不是，他飙的是车流极少的午夜三点，而且不止是飙二环，三环、四环一直飙，终点五环。交警正要布控拦截的时候，他突然守法了。他飙车地点改在怀柔山里一个封闭的专业赛道上了，但可以肯定的是，这辆车牌尾号007的法拉利是整个北京城最新款的，车价五百万以上。"

"毛病！又一个寂寞空虚冷！"胖子他哥说。

正好是周末，"四人行"谢过宫兵后，连夜出发，赶往怀柔山里，守候007。

专业飙车赛道名字叫"头文字D"。

"四人行"抵达后，已经是晚上十一点半。赛车道区域已经黑灯，只见金属网下方，有一层用轮胎堆起来的防撞墙，还有一片几十米宽的砂石路面。两个保安在值守。

小志跑过去问保安："今晚三点，007还会来飙车吗？"

保安警惕地看着小志以及身后的三人："这是秘密。可能来，可能不来。因为他昨天晚上来过了。"

另外一个保安则问："你们找他干什么？"

胖子他哥远远接了一句："这是秘密。"

既来之，则等之。山里凉快，小风吹着，有点像初秋。小志、胖子他哥、娜娜来了劲，借着路灯黄光，搬来砖头，打起"拖拉机"来。青竹和娜娜一边，但老是输。青竹心情不在打牌上，她心里忐忑："今夜007会不会来，来了会不会又是闭门羹？闭门羹，应该是十有八九吧？"

青竹的第一个忐忑，全属多余。午夜三点，汽车的轰隆声，由远而近，透亮的灯光照亮了赛道。两个保安飞速拉开了铁闸门。

天，007，来了！

胖子他哥伸着手想打个招呼，但一道红光闪过，007已经进了赛道。

赛道通明，灰尘弥漫，砂石飞落。007疯了一般，一圈、两圈、三圈……

"还真是最新款法拉利。"小志说。

"这些人的世界，我们不懂。"娜娜说。

"我也不懂。"胖子他哥说。

四十五分钟后，007终于停了。他脱掉安全头盔和赛车服，坐在一把太阳伞下，扭开一瓶水。

娜娜聪明，到车里拿了两瓶水，分给两位保安，还亮出了当年在网站工作的名片："他是我们的采访对象。"

007一扭头，注意到了娜娜领头的四人。"哇塞，帅哥！"娜娜朝青竹吐吐舌头。

是挺帅。脸形很像多年不老的明星林志颖，发型也像，青春、纯真、英气。身板直直，要站起来，身高估计一米八。

四人走了过去，娜娜摆摆手。007有点警惕，但也不是特别在意。估计他看到四人身后不远处，还站着两个保安呢。

娜娜客气地说着话："冒昧打扰您一下。"

007："你们这是……"

青竹向前跨了一步，和娜娜站在一起。青竹把自己和新田的故事、新田的遗愿、自己的决定和盘托出。

007很认真地听完，但是毫无表情。他的冷漠和他的脸完全不搭，给人既少年老成又世故圆滑的样子。

007以"呵呵"二字开腔："呵呵，听了倒是够感人的。我说，你们不是要拍电影吧？"

"这就是青竹和他男朋友的故事，我是保险公司的，我给你做保险，哦，不，我给你做保证。"胖子他哥心里打着小算盘，嘴说漏了。

"你是另外一个阶层。你可能不了解普通人的爱情，觉得这一切不真实。但是……"小志说。

"没有但是。经验告诉我，这世上哪有什么爱情，交易而已。那些嘴上说得越真诚动人的，越没有爱情。她们只会看中我的车、我的信用卡、我的生意、我改变她们命运的机会。"007戴上头盔，坐进了驾驶室。

"我不同意你说的。那是你的经验。"青竹说。

"没关系，没关系，我们也就是抱着试试看的心态，来寻求帮助，打扰你了。"娜娜赶紧圆场，各回各家，各找各妈吧。

胖子他哥拦都拦不住，敏捷地递上一张名片："俗话说'身价是用保险来说明的'。这是我的名片，以备急用，祝你生活愉快。"

又失败了！

青竹回到自己的小房里，默默收拾屋子。她把所有关于新田的物件，都收起来。

洗手间他的毛巾、牙刷、杯子。

书架上他看过的书，他们一起看过的书。

他的衣服、他的鞋子、他的袜子。

他睡过的枕头。

他习惯坐的那张折叠椅子。

……

所有东西都打包在一起，塞进一个柜子里。

所有关于新田的痕迹都抹去，不然只会让自己心烦意乱和愧疚不安。

五个愿望，第一个就被现实迅速干掉。是啊，谁会把一辆顶级跑车借给一个平凡女孩呢？哪怕是租，也没人相信！

"对不起。"青竹亲吻着照片上的新田。她把相框也塞进了包裹，锁进柜子。

但是，第二天晚上，青竹又去了怀柔山里的那个赛车场。先地铁，后公交，然后骑共享自行车，最后是漫长的等待。

青竹找007绝非想死皮赖脸说服他借车，她是执着于007说的那句话："这世上哪有什么爱情，交易而已。"她想告诉他："这个世界有真正的爱情，我和新田就是。"

然而，青竹扑了个空。每次问保安，得到的答复依旧是："这是秘密。可能来，可能不来。"

青竹守到了凌晨四点，最后落空。天未大白，青竹不敢独自一人上路，只好倚在保安室墙下，打着盹挨到天亮。

天亮后，青竹骑半个小时山路，走到公路上。一路上，但见山林由浓墨尽染到青青翠翠。青竹满身疲惫，上了公交车，一边掐着自己的大腿，一边提醒自己别坐过站。

一天、两天、三天，青竹都是如此度过，但仍未等到007。

直到第四天。

那天晚上十二点，007就开着车到了。和第一次一样，他一进入赛道，就轰轰轰狂奔了四十分钟，然后脱掉安全头盔，下车，坐下，喝水。

等到这人不容易。青竹开门见山："我不是来纠缠你的。我就是想跟你说，这个世界上存在真正的爱情。"

青竹讲自己和新田的第一次见面："小志介绍说，这是我的好哥们儿新田，娜娜介绍说，这是我的好姐们儿青竹。我们看着对方说'你好、你好'。说完，我们就什么也不会说了，除了傻傻地笑。我嘴笨正常，可新田是个活跃的人。我们心里都在说'这人是我的菜耶，我喜欢'。分手的时候，我们异口同声说'加个微信吧，以后好联系'。都说一见钟情没好结局，我们不是。和这个城市所有的普通男女一样，我们的恋爱去处也是各种公园，有时候话多得连上厕所都憋着，有时候没话说就一左一右或者一前一后地静静走着；看电影，有时候是看一场期待已久的电影，有时候纯属为了找个借口出去走走；也吵架，有时候因为他没有问候我晚安就睡着了，有时候是因为我的朋友圈除了猫就是狗而没有他……他来自县城，我来自可能三线都算不上的小城，我们都是平民子弟，大学毕业，上班一族，这辈子奋斗终身也未必能买得起一套北京的房子。但我们依旧相信，爱情和生活除了看得见摸得着的房子还有更多无法言说的美好与温暖。我相信我爱的人，我相信我自己，我相信爱情，我相信我所相信。"

青竹说完倍觉浑身通畅，几天来的奔波、熬夜、疲惫瞬间一扫而光。

说完，青竹跑着出了赛车场，骑上自行车走上回城的路。她的任务已经完成，她要早点回去休息。

月光下，山路上，青竹越骑越快。她相信，自己刚才在大声诉说的时候，新田一定在某片月光背后静静地听着、微笑着。他一定赞同青竹说的每一句话、每一个字。

想到这，青竹泪水悄然滑落。青竹让泪水尽情地流，抹都不抹，让欲滴的泪水被呼啸的山风吹散在无尽夜色中。

"四人行"的群里沉默了一个礼拜。大家都害怕说起愿望的事。大家心里清楚，理想和现实的关系，也是鸡蛋和石头的关系，碰不得。

是胖子他哥突然打破了沉默："埋藏已久的期盼，化作今日相逢的喜悦。"

小志："签了大单，这么开心？"

胖子他哥："不是。"

娜娜："有屁就放。"

胖子他哥："007主动约见了！"

"啊！"小志、娜娜、青竹齐发大大惊讶表情包。

"多亏了我上次给他递了名片，否则他都找不到我们。这就是以备急用。"胖子他哥絮絮叨叨。

"说重点。"小志说。

"重点跟我们都没关系。"胖子他哥说，"除了青竹。他要单独约见青竹。"

"单独约见？这个公子哥会不会不安好心？"娜娜上次遭遇变态富太太，心里的阴影还没散。

"青竹，你去，我们三人暗中跟随。情况一旦不对，我们……立即报警。"小志说。

"报什么警，先私了，买我一份保险，私了不行再送派出所。"

"行。"青竹答应着。其实，青竹心里清楚，007此举应该是自己那天晚上的"爱情宣言"起了作用，"他是要反驳还是认同？管他，见了再说。"

007约见的地方是后海附近的一座四合院。这年头，在北京，四合院可比富太太丁小香的别墅高了几个层次。百度一下，这座四合院是民国建筑，最早的主人还是燕京大学的大教授呢。

一进四合院，是一棵高大茂盛的枣树。007就在枣树下。他一身西装革履打扮，头发明显上过发胶，十分商务的样子。桌上有茶和水果。一把立着的电风扇习习吹着。

007说："请坐。"

他的声音轻柔，表情也少了前几次的冷硬。

"这个世界存在真的爱情，我信了。"007给青竹递过一盏热茶，"不过，我不是因为你的故事而相信，我是因为我的父母而相信。"

这次轮到007滔滔不绝："这个四合院，今天我们可以坐在这里喝茶，明天就不行了，因为明天就卖给别人了。我刚签完合同回来。我的父母是生意人，白手起家，做的是集成电子制造业，北上广深、武汉、长沙、苏杭都有我们的工厂。但去年开始，没想到公司出了内鬼，老外客户陆续中断合同，接着资金链紧张，三千多人的企业说不行就不行。父亲日夜奔波，力挽狂澜不成，反而一次工厂视察中，一脚踏空，从楼梯上摔了下来，正好撞在一台闲置的机器上。头皮绽开，血都没流，但居然成了植物人。母亲和我赶到医院，确定病情后，母亲做的第一个决定是卖掉公司，全心陪护父亲。母亲是女强人，她为公司立下的汗马功劳比父亲还大，但为了父亲，她瞬间回归到自己最本色的角色：妻子。

母亲整日不离父亲，吃喝拉撒没有请一个护工，都是她来完成。她连这座她和父亲最喜欢的四合院都卖了，目的就是要准备足够的钱，带父亲去国外看病，请最好的医生，住最好的医院。之前，对于父母，我一直觉得他们两人不是夫妻，而是忙碌得到处飞，很少见面、吃饭的同事，一个董事长，一个总经理。我想他们之间只有公司没有爱情。但我错了，他们何止有爱情，他们有天下最纯真的爱情，这种爱情心无旁骛、全力以赴。"

接着，007开始说自己的故事："我不相信爱情，是因为我被骗过、伤害过。大一的时候，我开始开车上学，那时候完全是为了方便，所以车很一般，是父亲不开了的一辆旧轿车。我喜欢一个女孩，她来自西部农村。刚开始的时候，我们都很开心，并不存在什么门户之见。但一个学期后，我们就分手，不是我甩了她，而是她踢了我。理由很简单，她喜欢上了一个开跑车的男生。受了刺激，我要父母给我买了第一辆跑车。因为跑车，很多漂亮女生主动贴上来，我以为她们是喜欢我，后来发现不是的，她们喜欢的是我的跑车。毕业了，这种情况更是如此，她们不仅喜欢我的跑车，还喜欢我的花钱大方、我的昂贵礼物、我父母为她们解决的实际问题。一切都是交易，我付出的钱越多，她们就对我越殷勤、妩媚、主动，反之亦然。后来，我再也不相信爱情，再也不相信漂亮女生。我宁愿花大把钱到直播平台上，给那些网红刷礼物，也不愿在现实世界里和一个真实的女生喝一次咖啡。我宁愿一个人凌晨三点疯狂飙车排解苦闷，也不会约上一个真实的女生共坐一车。但是，母亲的故事，让我对自己的杯弓蛇影有了新的认识。也许，我这辈子没法再遇到美好的爱情，但我相信，这世界是有的，是有真正的爱情的。"

青竹整整当了一个下午的倾听者。小志、娜娜、胖子他哥坐在附近的一条石凳上，看了一下午的广场舞。青竹没有发SOS，他们也不好轻举妄动。

还是007拯救了枯坐难熬的他们。007说完故事，诸葛亮似的微微松开脖子上的领带说："你的三个小伙伴一定在外面守候吧，如果不介意，叫他们进来喝杯茶吧，外面够热的。"

青竹群里喊了一声，仨人呼啦啦推门而入，挤在电风扇前。"打败我的不是天真，是天真热！"胖子他哥说得极其认真。

"我做了一个决定，把跑车借给青竹，实现他男朋友午夜飙车的梦想。"007把领带完全解下来，庄重地宣布。

"太好了。"大家欢呼。

"不过……我还是不太敢相信你说的都是真的。"胖子他哥低头做思考状。

"因为我没买保险，不保险？"不愧是出身于生意人之家，007早料到胖子他哥的用意了。

"这可不是我说的。"胖子他哥窃喜。

"'身价是用保险来说明的'，我记得你的话。等我凭自己实力东山再起，我一定会说明自己的身价的。"007和胖子他哥击掌示好。

当晚，007、青竹、小志、娜娜、胖子他哥齐聚赛车场。007细致得很，先是认真检查了青竹的驾驶证："驾驶证没有到期，年审齐备，通过。"

007变戏法似的，给青竹戴上大小合适的安全头盔，还有赛车服。

"酷！"大家齐赞。

只有007问："有点担心，对不对？"

青竹点头。真到了飙车时刻，青竹腿抖了！这是勇敢者的游戏，这完全跟青竹是两个世界。

不行，必须得上。事情至此，没有退路。战胜恐惧，才是唯一的出路。

"来，先适应一下。" 007 坐上副驾驶室，让青竹熟悉操作，沿着赛道跑了一圈，然后果断下了车，"为了爱情，冲吧！"

为了爱情，冲吧！青竹紧紧抓住方向盘，油门慢慢加大。雪亮的灯光下，尘烟起，沙石飞，速度与激情不在仪表盘上，而在自己的心跳上。那感觉，像新田第一次拉自己的手、第一次偷吻自己、第一次说"我爱你"。

"让害怕见鬼去！让担心见鬼去！冲！冲！冲！新田，你尽情享受吧！"青竹把油门踩到了底，瞬间感觉自己也飞了起来。速度让世界不复存在，一切宛如梦境：在一个新的时空里，青竹和新田疾速奔跑，跑向属于他们两个人的桃花源。

四、偶遇明星

"四人行"群里在谋划第二个愿望。

青竹："第一个愿望，完全是运气，碰到这么一个有故事的 007。如果他不是落魄中人，顶级的法拉利永远就是一个梦。"

小志："你把自己低估了，没有你一个人整宿整宿地守候，没有你的真诚，他也不会被你打动。"

娜娜："说说第二个愿望吧。第一个愿望耗去了三分之一的时间，现在距离毕业五周年只剩二十天了！二十天，还有四个愿望！"

胖子他哥："新田第二个愿望要在酒吧里偶遇女歌星……苍天啊大地，你们知道这个人是谁吗？"

小志、青竹一齐打出三个字："曲冰冰。"

"你们都知道？只有我不知道。"娜娜发了一个"翻白眼"表情包，然后接了一句，"偶遇她？苍天啊大地，我的神！"

——曲冰冰，何许人也？一个曾经风靡一时的年轻歌手。青竹、新田大一的时候，她参加歌唱真人秀"中国最动听"，横空出世。她的人，永远都是一身黑，黑斗篷、黑披风、黑长裙、黑礼帽。她的歌，字字句句都是仙气满满、桀骜不驯、不可一世的样子。成名曲《我是我的我》，把青春的孤独、对现实的叛逆，刻画得深入人心。比赛中，眼看就要拿到冠军，她宣布退出比赛，更是迷倒万众年轻人，尤其是大学生。新田、小志、青竹、胖子他哥都是她的"粉"。然而，曲冰冰连着出了三张专辑后，就在青竹、新田大四那年，她再也没有回到歌坛，连个宣布的消息都没有。曲冰冰年纪比青竹、新田大四岁，现在应该是三十一二岁的样子。

"冰冰小姐可是真正的天生丽质，绝不是 PS 美女。"胖子他哥喊天哭地，"一个 IT 民工、超级屌丝，要偶遇仙女，还要与之促膝谈心，并劝其写新歌复出？这么奇葩、大胆的愿望，也只有咱们大班长新田能想得出啊。"

小志总是在大家抱怨的时候开始工作。不一会儿他说："曲冰冰隐退的时间里，无单曲、无活动、无代言、无绯闻。微博停更，微信公众号没有开通。唯一的蛛丝马迹是她和歌手卜树、汪菲有过来往。而这二位，都是大隐隐于市者……"

小志往群里丢了一段不到十秒的小视频，内容是汪菲给女儿庆生。视频质量很差，估计是手机偷拍。

再过一会儿，小志又丢来两张照片："我用软件给视频逐行扫描了，挑出其中两帧比较清晰的照片，大家看看第一张照片，汪菲左边那个黑披风衣女子是谁？"

"曲冰冰，没错！"三人指认。

"大家再看看第二张照片，分辨下这是什么地方？"

娜娜："家里客厅？"

胖子他哥："KTV包房？"

青竹："酒吧一角？"

"我认可青竹的判断。原因是大家注意到没有，墙壁上挂着很多唐卡，一幅、两幅、三幅、四幅。其中，画面中间这幅叫《金城公主进藏图》。那么，家庭有可能挂唐卡，但不至于挂这么多；KTV包房很少挂唐卡。第一，少见，少见的原因是现代人没多少人知道唐卡、欣赏得了唐卡；第二，唐卡这玩意儿也难找，哪怕你说是假唐卡。酒吧有最大可能，而且这个酒吧还是个唐卡主题酒吧。"小志像个探案警员，把大家说得一时竟想不到反驳之理。

"然后呢？"三人问。

"然后就是寻找唐卡主题酒吧，找到悬挂《金城公主进藏图》的包房，确定后，再打探曲冰冰的联系方式。"小志宣布，"向第二个愿望进发！"

网上搜"北京""唐卡""酒吧"或者"会所"三个关键词，谢天谢地，出来的有效信息很少，否则大浪淘沙那该多绝望。几个有效信息都是网友旅游的游记。循着游记提及的地点，青竹锁定了东城的唐卡俱乐部、西城的"南久旺丹"酒吧。青竹查得，藏语"南久旺丹"，为"自在"之意。

小志和胖子他哥去的是东城的会所。商务楼里一层，居然没看到这个会所的铭牌。小志不放心，问几个进出电梯的西装革履、一步裙，表情一律蒙圈，回答都很洋气："Sorry。"

"笨蛋，说明来对了，这就是低调的奢华。"进了电梯，胖子他哥突然把小志推了出去："细节决定成败。这是高档会所，瞧瞧你穿的，牛仔裤T恤，你以为你是扎克伯格。看我腰带……"

小志忍不住笑起来。胖子他哥上次勇闯名车俱乐部，因为腰上的"H"腰带上"金钻"掉了一半，差点被黑衣人识破。这次这厮显然是淘宝了一条新的"爱马仕"，闪闪反光："亮瞎了我的24k钛合金狗眼。"

"滚！"胖子他哥按动按钮，电梯门徐徐合上。

小志气不过来，在电梯门关闭一刻，才想到重要的一件事："《般若波罗蜜多心经》，你背得了吗？"

"保险推销员没一点背功，怎么去说服客户？"胖子他哥不屑地回答小志，"观自在菩萨，行深般若波罗蜜多时，照见五蕴皆空，度一切苦厄……"

是的额，这个俱乐部有个奇葩原则：一、展厅里，观赏唐卡，一律不得出声，静静欣赏即可，违者赶；二、欲看更多精品，进主题包房，要求是背诵《般若波罗蜜多心经》。

胖子他哥判断得没错，唐卡俱乐部就藏匿于此。

俱乐部门口不大，虚掩着，寂静无声。门口一侧挂着一个17英寸电脑显示屏大小的缂丝唐卡，画面上立体凸显的是一只腾云驾雾的金龙。

一身名牌，尤其是突出的腰带，让胖子他哥信心大增。胖子他哥镇静地推开门，果然是一屋子的人，正在观赏四墙悬挂着的各色唐卡。所有人蹑手蹑脚不出一声，好一个室内哑剧！

胖子他哥踩着松软地毯昂首步入展厅。他无心在展厅静赏作品，他要进入包房寻找挂有《金城公主进藏图》唐卡的房间。他在心里默背"菠萝菠萝蜜"口诀。不争气的是，他突然打起嗝来！

静默的众人忍不住循着嗝声找到尴尬无奈的胖子他哥。紧接着，保安进来了，要执行"违者赶"。胖子他哥直觉形势不好，拼命忍住即将爆发的打嗝，然后大步走到包房入口，示意自己要背诵"菠萝菠萝蜜"。

一个响亮的嗝声出来！胖子他哥把"嗝"声，替代"菠萝菠萝蜜"的第一句话的第一个字"观"："观……自在菩萨……"

居然也挺像！

负责验证的两个圆脸男子，一边示意保安不要干扰，一边示意胖子他哥继续。真是一对善心大发的自在菩萨！

胖子他哥信心剧增，加上为了压住嗝声，注意力十分集中，继续背诵，居然十分流利："行深般若波罗蜜多时，照见五蕴皆空，度一切苦厄。舍利子，色不异空，空不异色，色即是空，空即是色，受想行识，亦复如是……"

312个字的"菠萝菠萝蜜"心经，终于到了最后一句："揭谛揭谛，波罗揭谛，波罗僧揭谛，菩提萨婆诃。"

最后一个字，胖子他哥释放了一个响亮的嗝声。"嗝"，代替了"诃"。二者正好押韵，完美，通过！

胖子他哥赶紧进入包房，搜寻《金城公主进藏图》，予以确认。所谓包房，其实就是茶室、酒屋，一群有钱、有闲的超级唐卡藏家、买手聚集在一起，交流、交际、交易。

仗着一身"名牌"，胖子他哥逐一掀开包房门帘，嘴里说着"打扰，打扰"，眼里三百六十度无死角搜索中……

没有。

没有。

都没有。

青竹、娜娜这一组去的是西城"南久旺丹"酒吧。

这是一家隐蔽在胡同里的个性酒吧，除了门帘上印着一个饭碗大的"藏"字，没有任何标志。撩帘进去，梵音入耳。暗淡的光线中，各种唐卡入目：姿态庄严的静相神佛、威猛的怒相神佛、神秘的藏医历算，恢宏的建筑圣迹……

店里只有一个人，背着身子在点着一炷佛香。半天她才转过身来，看到青竹和娜娜，一个微笑，欠身相迎。

"好一个温和美丽的姑娘。"青竹心里低语，"但愿曲冰冰来的就是这里，相信这个姑娘一定会出手相助。"

娜娜倒没闲着，眼睛四处打量，寻找《金城公主进藏图》。

"二位……"姑娘询问。

娜娜开门见山："你们这有单独聊天的包房吗？"

"有一个。不过需要预约。"

"就一个？"

"是的。"

"能否看看？"

"当然。"

如青竹所料，这家店一进来就觉得十分舒服，果然好运来到：一推开包房木门，天，墙面最中央挂的就是《金城公主进藏图》。

娜娜打开手机图片，一对照："没错，就这儿。"

青竹、娜娜赶紧找了个小桌坐下，点了一壶龙井，要了一些小饼和干果。

青竹问了姑娘名字，原来她就是这里的掌柜，姓罗，名水云。

娜娜急切想知道答案，等水云一坐下，就问："曲冰冰来过你们这里吧？"

水云倒没有什么惊讶，说："来过，不过就一次。那次是来这里庆祝另外一个女歌星孩子的生日。她说话跟她的作品一样，很深刻。她说她很喜欢西藏的东西，但只限于心向往之，因为自己气场不够大，压不住这满屋子的华彩。但一定会有一天，她会经常来这里。至于那一天是哪天，她也不知道。"

青竹懂曲冰冰的意思，但具体该怎么表达，又一时说不出口。

娜娜问："那你有她的联系方式吗？"

水云说："她好像没有微信。"

"啊！"青竹、娜娜嘴巴都张大了。

"但她助理加了我微信。"

"哦。"青竹、娜娜嘴巴合上了。

"怎么啦？"说话永远不紧不慢的水云，第一次展现她的惊讶。

"能否把她助理的微信告诉我？"娜娜问。

"没经同意，这不合适。"想不到水云拒绝人如此干脆。

都怪娜娜太直接。青竹把自己要代替新田圆梦的故事，一五一十告诉了水云。

这才打动了水云。水云说："我先联系她助理，把事情来龙去脉发给她，请她转告给曲冰冰，这样比较妥帖。"

水云有礼有节，立即编辑微信，发了出去。

曲冰冰助理尚未回复。青竹、娜娜只好耐心等待。

这时候，小志、胖子他哥也赶过来了。得知曲冰冰助理半天都没回复，胖子他哥坐不住了，一个劲儿忽悠水云："能否让我跟她助理留个言，我一定可以打动她！"

娜娜问："你怎么打动她，煽情小能手？"

胖子他哥："我不煽情，我煽钱。"

在大家一片迷惑中，胖子他哥说："青竹的故事，有一天会拍成电影，到时候邀请曲冰冰本色扮演，主题曲也由她唱，曲冰冰从此'触电'，重出江湖，一定会火。否则，说实话，互联网早已经把原创音乐干掉了，她那么有个性，不曲线救国，要火，难！"

胖子他哥说的倒是很现实。但显然不能对曲冰冰说。人家走的就是个性。

"还是慢慢等吧。"水云说。

"要做好最坏打算。"小志说。

四人沉默。一会儿一个好消息，一会儿一个坏消息，让大家没有了说话的心情。夜已深，窗外车稀人少、路面泛光，不知道什么时候下的雨。微风吹进来，扑在脸上，居然有了些许凉意。

就在这时，水云手机屏幕闪亮着，是微信的界面。

"有消息！"水云把手机放在桌上，"但是……"

青竹看到手机上是曲冰冰助理的回复："这是说故事呢还是说故事呢？抱歉，我不信！！！"

"折腾了一圈，还是迎来了坏消息！彻底的坏消息！"青竹不知所措，端起桌前的茶。茶，也凉了。

从二环到五环，地铁、公交、步行，一个多小时后，回到自己小屋。青竹站在门口，额头抵着冰冷的铁门，她不想进去。

因为一进去，首先看到的是窗台上的新田。新田在照片里，笑意盈盈，问候着晚归的爱人："小竹子，累了吧，我给你洗个水果，桃还是梨，还是把它们咔咔咔榨成汁？"没等青竹想好，他已经从椅子上蹦到冰箱门前了。冰箱门贴着他用铅笔写下的各种健康食谱。那些铅笔字，淡淡的，一笔一画，特别安静。新田个子高高大大的，在外面雷厉风行、谈笑风生，但到了自己面前，如海浪退潮、心细如发，似乎他这辈子有一半的使命就是来照顾自己的……

这些幸福的瞬间，却像刀一样在剐割着青竹的心。新田毕业五周年的愿望，自己终究还是没法帮他实现。青竹不想看到新田，青竹无法面对他。

有邻居路过，好奇地看着门外的青竹。青竹只好打开沉重的铁门，快步冲到窗台，再一次把新田收了起来。

放在衣柜里。不行！打开衣柜，就可以看到新田。

塞到新田衣物里，塞到最里层！可是新田的衣物、还有用过的书本，那么一个大包，打开衣柜一样可以看到！

把新田的衣物收起来，收到看不到的地方！可就这么一个小屋子，能收到哪里呢？

床底下！青竹手脚并用把包裹塞到床底下。自己躺在床上，满脑子的还是包裹的照片，照片里的新田！

"丢出去！再也不想看见他！"青竹疯了！打开窗户，青竹从床底拖出包裹，一个趔趄，自己摔倒在地。爬起来，再使上全身力气，举起包裹，扔了出去。新田的死飞自行车也扔了出去。

窗外大雨滂沱。雨声、雷声掩盖了包裹、车坠落的声音。

青竹趴在窗口，整个世界黑乎乎的，什么也看不见。

比窗外大雨更加滂沱的，是青竹的泪水。

青竹放声大哭。雨声、雷声掩盖了一个女生深夜哭泣的声音。

青竹哭得腿脚发软，瘫在地上。

青竹翻出自己的日记，把所有有关和新田相识、相交、相恋的篇章全部撕掉、撕掉、撕掉！把笔记本里、手机里所有的照片，全部删掉、删掉、删掉！

青竹嘴里喃喃了一夜："再见了，新田。新田，再见了。"

天已泛白。青竹已经用光了身上所有的气力，累倒在地，睡去、睡去……直到听到楼下一声吆喝："收废品喽，旧书、报纸、烂铜烂铁喽……"

青竹弹簧般坐了起来，从窗口一看，新田的包裹、车正落在屋檐下，还在。收废品的安徽大叔手里拿着一根铁钩子，正要走过去。

青竹夺门而出，电梯等不及，只有楼梯。

等青竹冲出楼梯，果然看见安徽大叔的铁钩子钩着衣服，他要的是里面的书。相框被拨弄在一边，大叔抬脚准备踩碎。

青竹的步伐像加了风火轮，冲到跟前，一把把大叔推倒在地！

"这是我的！"

"你的就你的，说就是了，干吗撞人！"半天爬起来，安徽大叔捂着胳膊说。

青竹迅速收拾东西。

安徽大叔捡回远处的铁钩子，边走边嘟囔："小姑娘，你劲儿还挺大，居然把我都推倒了。"

青竹一身大汗把包裹、自行车搬回屋里，好在一切完好。

突然，青竹反应过来，自己除了扔包裹还干过别的傻事。好在撕掉的日记页码都还散落在房间里，青竹把它们一一找回，放回原有的位置。青竹亲吻着日记上新田的名字，呢喃着："对不起。"

"完了，电脑和手机里的照片，全部清空了！"青竹噼噼啪啪地敲打着电脑，呢喃着："对不起。"

青竹最后抱着电脑冲到小区门口的街市，那里有电脑维修店。店还没开门。青竹坐在店门口一直等到维修小哥上班。

"问题不大，能帮你恢复大部分文件，但要时间。"胖胖的维修小哥让青竹先回去休息。青竹说："我就在这里等。"

一个上午，在维修小哥的捣鼓下，删除的新田逐一回来了，一张不少！看着照片里的一幕一幕，青竹禁不住眼眶湿润："太好了。"

胖胖的维修小哥问了一句："你男朋友？"

"嗯。"

"身材够好的。我能减肥成功、练出这身材就好了。"原来维修小哥关注点在这里。

"你要加油。我男朋友之前比你胖！"

"真的？"

"真的。"青竹找到一张照片，"喏，这是他高中照片，是不是比你胖，他是大学后开始减肥！"

"我去，这么胖！"胖子问，"他怎么减下来的？"

"两个字……"青竹说。

"坚持？"没等青竹说完，维修小哥接上了。

"是的。就是坚持。没有别的奥秘。"

"道理都懂，就是没法坚持。"维修小哥有点失望，然后又看了一眼新田老照片，说，"好，这次我也要坚持一把，不然这光棍滋味不好受！"

"加油！"青竹把钱拍在玻璃台上，离开了电脑维修店。都走出好远了，青竹又回到维修店，跟维修小哥耳语了一句："我——也——要——坚——持！"

回到屋，青竹打开包裹，逐一整理。

相框也完好着，新田笑着的样子，比阳光还阳光。青竹忍不住抱在胸前。

新田的衣服重新洗了一遍、晾起来。衣架不够，有的衣服就晾在椅背上。椅背和椅背中间系上绳子，晾着红色的球衣、球裤和白色的袜子。满屋子都是新田的衣服，阳光照进来，色彩斑斓。

那些书本好在打包之前就用了塑料袋单独包裹，没有沾到雨水，翻看几页，有新田做的读书笔记、工作计划。

翻看新田读书笔记的时候，青竹发现了特别的一页。这是新田写给曲冰冰的一封信，准确说是一篇草稿。稿纸上，有很多反复涂改的地方，可见新田对这封信有多认真。

从落款日期看，这封信写于新田毕业第一年。那时候，新田和青竹还不认识。

经过一番耐心辨认，青竹读懂了新田的意思。

这是一封粉丝写给偶像的信，但既不是表达喜欢，更不是求一个签名，而是在探讨创作。

新竹用理科生思维，将曲冰冰的所有歌曲的歌词、旋律做了数据分析。曲冰冰45首原创歌词词频统计：

远方（23），孤独（20），子夜（20），青春（18），荒谬（17），存在（16），妈妈（16），街头（15），烈日（14）……

新田得出的结论是：作品太多的雷同，雷同的歌词、旋律、情绪、追问。

这样导致的结果是：粉丝厌烦，因为粉丝在成长。

应对策略是：求变、求新！

青竹不知道这封有理有据的信，寄出没有。发邮件给粉丝后援团？手写寄给唱片公司？他们都不一定能转到曲冰冰手里，甚至很有可能都收不到。

青竹觉得要当一个邮递员。她把新田写于四年前的信，先复印了一份，然后再整理好，变成电子文档打印出来。新田这么用心和真诚，必须要让曲冰冰知道。结果如何，她不管。

下午，青竹约了西城"南久旺丹"酒吧掌柜水云姑娘。水云姑娘也正愁如何说动曲冰冰的助理呢。看到青竹手里的书信草稿复印件和打印出来的文稿，水云立即找了个光亮地方，一一拍上照片，给曲冰冰助理微信发了过去。

诚心所至金石开。半个多小时后，曲冰冰助理回复了！

先是回复一串省略号。

"啥意思？她也惊到了吧？"水云说，没有立即回复。

果然，曲冰冰助理又回复了一句："我一会儿过来，眼见为实。"

够爽快，说到就到。见到真人，发现曲冰冰助理是个大姐，其实也是曲冰冰的亲姐姐。

曲大姐看着青竹手里的笔记本，看到反复涂改的那一页，颇有心事地顿顿头："还是有人喜欢我家冰冰的！她应该振作起来了……"

从曲大姐的诉说中得知，曲冰冰这几年不但没有新作品，反而得了抑郁症，长期失眠。其实新田的信，和曲冰冰想到一块去了，那就是艺术创作必须追求变化、创新。然而，曲冰冰担心一变，不仅没有新粉丝，连老粉丝也拜拜了。另外，时代在变化，音乐的黄金时代不复存在，所有歌手都在真人秀，真人秀都在翻唱老歌，似乎只有老歌才能获取共鸣……曲冰冰解不开这个时代的症结，一天一月一年过去，伴随她的是无尽的黑夜和痛苦。

"感谢你的男朋友新田，感谢你。让我们一起努力吧，让冰冰站起来。"曲大姐拽着青竹的手，"你和新田的故事，我信了，我感动了，相信一样可以感动冰冰的。加油，我加入你的战队。"

然而，事情并没有因为曲大姐加入战队，一切就迎刃而解。

第二天晚上，"南久旺丹"酒吧，曲大姐约见了大家：青竹、小志、娜娜、胖子他哥。当然，也包括水云姑娘。

曲大姐传递出来的消息是："冰冰看了信后，冷冷说了一句'创作我比他专业吧，这个道理谁不懂'。"

"或许，冰冰要的不是理智分析，她要的是热情。火一般的热情，去融化她这块冻结了多年的冰。"胖子他哥顺口说起来。

"说具体的招！"娜娜打断胖子他哥。

"没招。"胖子他哥应道。

大家你看我我看你，也都一时想不出什么招来。

小志在滑动着手机，很急切的样子。

"有了。"小志给大家看了一张手机屏幕截图。图里是一张北京地图。

"看地图上沿着各路段标出的红线！"小志说，"是不是两个大写字母？看，这个是 Q，这个是 Z。"

"'QZ'？青竹？"曲大姐问。

"对，是'QZ'。想起来了，这是去年我过生日，新田跟我说'我看到有人花钱在城市中央的高楼电子屏上给女朋友送祝福，我也要送你一个特别的生日礼物'，这个礼物就是他沿着这些路线跑一圈，跑过的足迹连起来，正好是我的名字缩写。"

"跑完后我们一起吃了火锅。"娜娜也回忆起来了。

"你的两个字母，让新田跑了个半程马拉松，小二十公里呢。"小志说。

曲大姐、胖子他哥齐声感叹。

"新田为我跑，我要为新田的愿望跑一次！跑一个'QBB'，但愿能感动曲冰冰！"青竹说，"这个世界上真的有人在默默支持她，希望她继续创作，重出歌坛！"

"好！"胖子他哥带头鼓起掌来。

"时间紧。就后天周六行动吧。考虑到交通、天气，必须一清早就出发，凌晨五点吧。小志负责设计路线。"娜娜开始分工。

"我负责现场直播，冰冰唯一关注了一个直播账号，就是我的。"曲大姐说，"这场直播就叫'燃冰'！"

"新田跑'QZ'跑了二十公里，你跑'QBB'那得四十公里，'全马'啊！"小志想得最实际，"能行吗？"

"我会坚持跑完！"青竹说。

"你领头，我跟着你后面，陪你。正好减肥。"胖子他哥站了出来。

"我们都跟着你！"娜娜、小志说。

"还有我呢。"水云沏完一泡新茶，轻轻地说。

清晨五点的北京，长安街。青竹、小志、娜娜、胖子他哥、水云，还有举着手机直播的曲大姐。

没有任何仪式。青竹在前，小志在左，娜娜在右，胖子他哥和水云在后面，出发了。

迎着日出。

迎着朝霞。

迎着晨光。

迎着遛弯提鸟的北京大爷。

迎着空旷盛大、鲜花怒放的天安门。

每每跑过熟悉的街道，青竹脑海浮现的都是和新田在一起的回忆。

新田的笑声、回眸、奔跑、搞怪，像一股巨大的牵引力，吸附着青竹，向前、向前、向前。

跑到将近一半的时候，青竹一个趔趄，差点摔倒。青竹知道自己的双脚已经跑肿了。

但她不能停下来，不能！

青竹想起在澳门 233 米的蹦极塔上，一跃而下。那是什么感觉？濒临死亡的感觉。濒临死亡的感觉都体会了，这点痛，算什么！

青竹就这样一直跑到十一点半，整整六个半小时。小志设计的终点，正是青竹、新田第一次见面的小饭馆。那天晚上，娜娜向新田介绍青竹，小志向青竹介绍新田，两人互道"你好"，从此不再陌生。青竹看着已经开门迎客的小饭馆，朝自己笑了一下，挤着眼睛，不让泪水留下。跟随她后面的是中途扫了辆共享自行车的小志、娜娜、胖子他哥、水云姑娘和泣不成声的曲大姐。

小志、娜娜、胖子他哥、水云姑娘围上来。

"不准哭，我都没哭！"青竹歪头笑着，和大家一一拥抱。青竹右手里握着新田笑容满面的照片。

曲大姐的直播账号里，全是曲冰冰的忠实粉丝。这场持续六个半小时的"燃冰"直播，吸引了二十万人的围观。大家被青竹的故事打动，被青竹的坚持震撼。一场超过三千人的众筹活动随即发起：为曲冰冰众筹一场演唱会，请女神重出江湖。

曲冰冰一秒不漏、实时看完了整个直播。青竹清晨五点出发的时候，她正被失眠困扰不得入睡，看到姐姐的直播和直播介绍，她先是以为手机出了问题，然后向姐姐证实，然后惊讶、触动、震动、感动、激动。

她这块冻结了多年的冰，一点一点融化，在看到自己名字最后一个字母"B"终于连接完整那一刻，她拉开所有窗帘，让正午的阳光灼热身上的每一寸皮肤。在灼热中，她苏醒了。

她迫切地想见见自己的拯救者：青竹，还有新田。

她希望和他们有一个美好的遇见。

曲冰冰的助理——曲大姐，给青竹发了一个位置，是北京后海的一个音乐酒吧——无量吧："明天晚上十点，冰冰会在这里。"

真的要和偶像见面了！

"四人行"群里的四个小伙伴下午下班后齐聚"老地方"，边吃边合计偶遇行动。

"青竹代替新田偶遇自己偶像。"娜娜若有所思、一词一顿，"我考虑的是，青竹如何穿得帅气点，穿出新田的阳光大男生的气质！同时不能让曲冰冰一眼看出青竹是'燃冰'直播里那个领头女生。"

"打扮、化妆的事，你在行，娜娜。"胖子他哥也若有所思，然后慢慢地说，"我考虑的是，能不能把我和小志捎带上，见见大学时代的女神？"

"自己想去就去，别扯上我。"小志挺着脖子望向胖子他哥，一会儿软了下来，"不过，确实应该带上我，以前，有什么好事，我们三人都是一起分享的，是不是，胖子他哥？"

"自己想去就去，别扯上我。"胖子他哥照搬原话回击小志。

"你们要去，娜娜也去，你们不陪着，我心虚。"青竹说。

"嗯？你代表的是新田。新田有过心虚吗？"娜娜瞪了一眼青竹。

青竹立即改口，拍着胸脯："到时看我的。"

要是没有定位，蜗居在后海一角的无量吧，还真难找。没有指示牌不算，GPS 定位到了跟前，不细看也不知道这就是无量吧。它的标牌在哪里呢？藏在入口门柱上的一副对联里："有无量自在，入不二法门。"

酒吧二三十个平方大小，只见参差不齐、东倒西歪地坐了七八个客人。从一个侧门看出去，露台倒不小。

小志、胖子他哥一坐下，就异口同声低声叫道："曲冰冰！"

"看清楚了！你们不是说，她永远都是一身黑的吗？"娜娜问。

青竹也看到了，只是不敢认："天哪，她换形象了。"

随即四人齐呼："撞衫了！"

青竹和曲冰冰严重撞衫！两人都是蓝色牛仔背带裤套纯白短袖 T 恤，连鞋子都是一样：白色高帮帆布鞋。

唯一不同的是，曲冰冰是长发散落，女人味十足，青竹戴着白色棒球帽，宛如帅气男生。

"小粉丝居然敢跟女神撞衫！"大家怒目望向娜娜。

娜娜倒说得很轻巧："这有什么？一、说明咱们对美的认识跟偶像是一个级别，这样的粉丝才叫高质量粉丝。二、一会儿青竹过去搭讪女神，多像一对热恋情侣。这是偶然中的必然，也是必然中的偶然。"

大家被娜娜的一番狡辩搞得没话说了。

小志说："青竹，既撞之，则安之吧。"

胖子他哥说："青竹，一会儿交谈的时候，还是有必要问问女神买了保险没有，人要保险，神更需要。地球凶险啊！"

曲冰冰一个人坐在靠侧门的一个角落里。明星就是明星，不管是一个人还是一群人，不管穿着华彩异服还是朴素平凡，她的一个坐姿、一个动作、一个眼神，都能让人感受到她的气场。

青竹看向曲冰冰，曲冰冰正好看过来。四目交汇。青竹看到曲冰冰微笑了一下。这一微笑如此自然、温暖、平和。

青竹下意识挥挥手，还以微笑，然后起身，向女神走去。

"等等。"胖子他哥搂着青竹身后的背带，"手里要拿着酒。"

青竹拿了一瓶啤酒，啤酒冰凉，恰到好处地起到镇静作用。

"你好，我认识你，喜欢你的歌。"青竹开口。

"谢谢，谢谢，不介意的话，请坐。"曲冰冰起身。天，她比网上看到的照片要瘦、要小、要矮！

青竹点头谢过，大大方方坐在曲冰冰的一侧。两个酒瓶一碰，算是再一次问候。

青竹也不知道哪里来的神力，嗓子像开了闸门的三峡大坝，哗哗开聊，通畅无阻，绝不磕巴。

青竹聊到大一的时候第一次看曲冰冰的歌唱比赛直播，第一次听到她的歌、看到她的人的感觉，也聊到当年获知曲冰冰不再唱歌的不解，还聊到随着年岁增长，对曲冰冰告别歌坛的逐渐理解。

"谢谢你。我特别喜欢罗大佑有一首歌里的一句歌词'风尘刻画你的样子'。一夜成名也好，沉默多年也罢，一切都是最好的安排。我以前不懂，写不出好作品跟自己死磕，结果抑郁多年，就差没跳楼自杀了。现在发现，都错了。人活着最紧要的是两件事：一、顺其自然、随遇而安；二、坚持、坚持、再坚持。二者并不矛盾。顺其自然、随遇而安是心态，坚持、坚持、再坚持是行动。顺其自然，不能没有行动，否则那就是投降；坚持、行动不能不顺其自然，否则那就是强扭的瓜——不甜。"曲冰冰给青竹倒了一杯新啤酒，"我以前特别不喜欢白色，今天穿了，不也挺美吗！你也是……"

"你说得真好！"青竹举杯。

"我也是刚刚顿悟。"曲冰冰说，"这都多亏了前天一个叫青竹的女孩的'燃冰'长跑。看完直播，再了解到这次长跑背后的故事居然是一个柔弱女生为她男友实现愿望，我突然似乎明白了什么。我一拉开窗帘，天，我有多久没见阳光了。我号啕大哭。哭完之后，爽了，接下来怎么做全知道了。那感觉，像习武之人被高手打通了任督二脉似的。"

嗬！曲冰冰真没认出坐她旁边的人就是青竹，估计是戴了棒球帽的缘故。娜娜的功劳。

"我觉得你未来的创作，也应该像你说的，遵从八个字：顺其自然、随遇而安。别再纠结粉丝听了有多少喜欢、有多少不喜欢，多少粉丝走、多少粉丝留。你的歌首先是唱给你听，你舒服了，粉丝才会舒服。互联网时代，是小而美的时代，要像以前那样，男女通吃，越来越难。"青竹说，"我们都在变，无时无刻不在变，人在变，事在变，心境在变，国家在变，时代在变，时间在变。写出最真实的感受，就是一种变。刻意揣摩大众口味，为变而变，那不是变，那是变味。"

"太棒了！跟你交流受益匪浅！"曲冰冰伸出大拇指，"你叫什么名字，加个微信吧。"

青竹迟疑了一会儿，说："我叫新田。"

"新田？"曲冰冰看着青竹，犹豫着，"新田……"

青竹脱下棒球帽。

曲冰冰恍然大悟，迅速起身，张开双臂，用力地拥抱着青竹："谢谢你。"

青竹抬头看到小志、娜娜、胖子他哥正高举酒瓶："干杯，耶！"

他们的桌子上，还有新田的一瓶酒！

五、反击班花

"新田的第三个愿望是，回到老家，向高中班花证实自己、显摆一次？这怎么看都不像是新田的愿望啊。你们是不是记错了？"下班后，"四人行"照样齐聚"老地方"。青竹一坐下就把疑惑抛给小志、胖子他哥。

"半个月前，第一次听说，我也纳闷，这不像是新田干的事呀。这……这是你的愿望吧？"娜娜拿眼瞅着胖子他哥。

"我？我早就向班花显摆过了，哪还等得及五年后。"胖子他哥神气十足。

"吹，你拿什么显摆？一身肥肉？"娜娜蔑视。

"当年哥成功逃出传销魔窟，救出五十名大学生。这还不够资格显摆？满满正能量！"胖子他哥一脚踩着凳子，拽得要上天。

小志发话了："新田确实要回老家向班花显摆，但此'显摆'非彼'显摆'！"

"啥时候了，还卖关子。"娜娜转向小志。

"新田跟我们讲过的故事，你还记得吗？"小志问胖子他哥。

"这么刺激的故事，何止记得。"胖子他哥表情一惊一乍。

小志展开说了："新田告诉我们，高三的时候，他们班转来一个新同学。这同学她爹，刚从别的地方调过来，是个副县长。"

"你就直说，这新同学就是那个班花吧？"娜娜问。

"是的。"小志说。

"人家确实漂亮！我和小志看过照片，我们班所有男生都看过，都赞不绝口，绝对的白富美。名字，这班花的名字你还记得吗，小志？琼瑶瑶！瞧着这名字，浑身上下都透露着白富美的气质……"胖子他哥补充着。

"我看是老奶奶的气质。"娜娜揶揄道，"继续说你的，小志。"

"继续说就是，但是！"小志说，"这个白富美特别二，自己成绩差不说，还在班里大肆鼓吹'读书无用论'，飞扬跋扈极了。班里有一拨家庭条件不错、学习上吊儿郎当的官二代、富二代组成小团伙，奉她为'御姐'。高考前，最后一次模拟考结束，新田站在讲台上发数学卷子，对于那些考得实在太差的，为了顾及面子，新田刻意没有报出他们的分数。琼瑶瑶自然属于其中的一个。哼，谁料到这姐们儿不仅不感激新田，反而暴跳如雷，说新田这是歧视她。琼瑶瑶站在讲台上，当众说，这年头最不缺的就是大学生，平民子弟考上北大清华，一样沦为卖猪肉的，不信，大学毕业五年后，大家再看看谁更成功！这话大大刺激了很多挑灯夜读、奋战高考的同学。于是，新田为首的一帮人和琼瑶瑶为首的一帮人，大打出手。不料，后来学校处理这事，校长居然还护着琼瑶瑶……"

"想起来了，这段故事，新田给我讲过。但他没提那个同学是女生和班花。"青竹说，"后来的情况是，新田领头的那一拨同学，个个都很争气，高考发挥正常，考上了不错的大学。"

"考上大学又能怎样？人家白富美说的是毕业五年后看看谁更成功！光房子一个事，就把咱们比下去了！人家有背景，咱们只有……背影。"胖子他哥说到现实就泄气。

"话不能这么说，什么叫成功，买了房就叫成功，太狭隘了吧！"娜娜反击。

"我赞成！新田就很成功，一个人从小县城考到北京，凭着自己的努力，年年拿奖学金，凭借自己的能力找到工作，不偷、不抢、不啃老，这不是成功是什么？"青竹激动地说，"至于买不起房子，不是他一个人买不起房子。买不起房子，也不是他的错，是这个时代出了问题！另外，新田回到老家反击班花，我想他更多的用意是要证明读书不是无用的，知识是有用的，奋斗也是有用的！"

"青竹，啥时候变成这么能说会道、慷慨激昂了？"娜娜和小志互相看了一眼，说。

"二位别激动，咱们回到新田愿望本身上来。"胖子他哥。

"琼瑶瑶现在有多成功？"娜娜问。

"这事我知道。我专门问过新田。这位白富美先是花钱上了个三本，读了两年不到，又跑来北京读了一个播音主持班，毕业后在他们地级市电视台当主持人。就在她在北京进修的时候，家里人还给她在三环边上买了个三室两厅。这个，她微博上都有晒。"胖子他哥说。

"看看她最近的微博更新。"小志打开手机连上网，看了好一会儿，"啧啧啧"地说，"琼瑶瑶，三青市电视台著名主持人。红人呀！不是跟这个市领导出访，就是跟那个企业家考察。这里还有一张她开车的自拍图片，呵呵，宝马。"

"不就是一念稿子的主持人而已，哪一点比得上新田！"娜娜不服气。

胖子他哥拍拍娜娜："别说气话。现在的紧要关头是，拿出具体可操作的方案，来证明咱们平民子弟的努力、拼搏是有价值的，并且成功了。而且，咱们的成功的价值与意义，远远超过了一座房子、一辆宝马。"

胖子他哥说的有道理。可是，方案在哪里？

四个平民子弟相望无言。

回到小屋，青竹躺在床上，满脑子在想："新田有什么方面可以镇住白富美和那一帮不学无术、倚老啃老的混子呢？"

青竹左翻一下，觉得答案随处都是：新田是县里高考状元、大学的班长、一等奖学金得主。

青竹右翻一下，依旧觉得答案随处都是：新田是少年宫和科学馆最佳讲解义工、社区流动图书馆发起人、留守少年登长城计划参与人。

可是，再平躺着、望向天花板，青竹又觉得这些都太弱了，关键是没有凭据。这个凭据不能自话自说，必须是第三方的。

唉！

青竹丧气地望向窗台上照片里的新田。新田一如既往地一口白牙望着青竹大笑。以前青竹每次碰到难缠的人和事的时候，新田也总是这样阳光地笑着，然后说出他的口头禅——九字箴言："不要急，不要怕，想办法。"

看着新田，青竹静下来。青竹打开电脑，把手里还剩下的一些细碎工作赶紧做完。就在青竹准备给领导发邮件的时候，电脑底部弹出一条新闻：《中国女留学生在美遭绑架，至今下落不明》。

看到这条追踪新闻，青竹突然想到一件事：一年前，新田有一个小发明，他还拿到国家专利局申报专利了。这个小发明的名字叫"女子防身蓝牙戒指"，即在一个普通戒指上装上蓝牙设备，当女生遇到危险时，只要轻轻摁一下蓝牙按钮，求助信号、GPS定位会立即发送到总部中心和用户预先设置的紧急联系人的手机上。

青竹在新田存放各种证书、合同的文件袋里找到了此项专利申请的受理回执。

"如果这个发明专利通过了，结合时下热点，绝对是一个新闻，一定可以吸引很多记者前来报道。这件事，这个报道，多有意义，完全可以镇住白富美！"青竹宛如脑瓜子开了窍，自己把自己大腿拍得生疼。

大腿疼过之后，青竹想起专利还不确定是否通过，赶紧上国家专利局网站查询，结果是：无。

虽然是"无"，但青竹觉得至少有了一个突破口。

第二天一早，她就去了国家专利局，一查询，得到的居然是一个大大的好消息：专利权已经授予，但发明专利人一直没有前来办理、缴费。

青竹早有准备，拿着受理回执、新田的身份证一一办好手续，拿到了专利证书。

有了证书，新闻报道顺理成章。一方面，娜娜媒体资源广；另一方面，事情本身具有新闻性。新田"女子防身蓝牙戒指"获得专利一事，轻而易举地登上了北京几家报纸的新闻版。按理，这个新闻肯定要采访专利发明人，还是娜娜想得周到，给出的理由是新田前一天刚派到非洲支援通信基站建设，现在暂时还联系不上。记者也不再纠缠，反正专利证书白纸黑字，国家专利局大钢印盖着，网站也可以查询到，假不了。

"北京的报纸发了新闻，一切就好办了，接下来就可以约战琼瑶瑶了。"娜娜说，"胖子他哥，你负责筹办新田他们高中班的毕业九周年聚会，每个同学都要到，搞大场面。"

要筹备，首先要动员。要动员，首先要进入新田他们高中同学的微信群。新田手机的开机密码多少？青竹用新田的生日密码登录，不成功。青竹试着用自己的生日作为密码，嘿，成功了。

果然，新田是高中同学群的群主。

胖子他哥特意选择凌晨三点，用新田的手机操作"群主拉人"。就这样，胖子他哥悄悄进了群。

胖子他哥使用的身份是新田的助理。次日上午九点，"助理"问各位同学早安："大家早上好，我是新田老总的助理。新田老总现在人在西非，在一个叫塞拉利昂、世界经济排名倒数的国家，代表中国建设他们的通信基站，二十多个亿的工程。他凌晨三点——在西非是晚上九点——把我拉进群，让我代他筹备咱们高中毕业九周年的盛大聚会。他现在在赶回中国的路上，不方便上网，再三交代我要把这个聚会办好，不遗余力地办好。"

非洲、通信基站……胖子他哥完全是顺着娜娜早前对北京记者的话往下圆。

开场白之后，是一个大大的红包，五百元，只分十份。哇，抢到的、没抢到的，一下子都"活"了过来。大家振臂高呼："助理威武！新田班长威武！新田大老板威武！"

这气势一起来，胖子他哥心里有底了，赶紧宣布："本周日晚上六点，县迎宾馆四海厅，咱们的'缘聚'九周年同学会正式开始，三天后，各位，不见不散。"

胖子他哥把微信群的火爆截图转发到"四人行"的群里，备受好评。小志汇报说，他订好了大家去新田老家的火车票，订好了县迎宾馆的四海厅。

六月十八日，周日晚上，县迎宾馆。

运筹帷幄，一切都在掌握中。

胖子他哥一身"名牌"，站在门口逐一迎客，每个人都惊讶、调侃："史上最胖的助理。"胖子他哥嬉笑回复："我不是胖，只是瘦得不明显。"

很多同学都从外地赶回来了。这些外地赶回的同学，基本上属于当年新田领头打架的平民子弟。他们和"四人行"一样，在北上广深靠自己的双手打拼着。

一些轰着大油门改装车的同学也摇摇晃晃进了会场。不用说，这些人基本上是奉琼瑶瑶为"御女"的公子哥、姐们儿。他们在县里或者市里工作或者当老板，一个个颇有大哥气质。

就差琼瑶瑶了。

可是，约定聚会开始的时间到了！

大家叽叽喳喳，四处搜寻，就是不见当年的班长、今天聚会的组织者新田同学！

有好几个应该是新田的好友，忍不住上来询问胖子他哥怎么回事。胖子他哥只好一遍遍"拨打"手机，然后摊手告知："暂时还联系不上。"

六点半，收到青竹信号，胖子他哥三步两步登上铺着红毯的主持台，清清嗓子高声宣布："今天是一个欢乐的聚会，今天是一个难忘的聚会，但是我要抱歉通知大家，咱们班长、新田老总人都坐上飞机了，准备飞回中国的时候，又接到一个重大任务，国家为重、大局为重，他回不来了。"

大家一阵哗然。

"但是，大家现在可以在电视上看到他。大家注意看我左右两边的电视。"胖子他哥说完，退到一侧。

电视上播的是"本市新闻联播"，主持人正好是班花琼瑶瑶。

"下面是一条科技新闻，我市青年季新田发明的'女子防身蓝牙戒指'刚刚荣获国家专利。这项集合了最新科技与应用的新型实用专利一旦投入生产，将为广大都市女性的人身安全保驾护航，兼具社会价值和商业价值。北京各大媒体争相报道。据悉，季新田毕业于我市县属中学，高中、大学品学兼优，工作之余，经常利用掌握的专业知识服务社区、服务市民。我们特地采访了季新田当年的班主任罗老师，让他谈谈这位有才有志的年轻人……"

"牛！青竹！"在服务台张罗的小志、娜娜看到新闻，忍不住在"四人行"群里为青竹点赞。

原来，青竹一到新田老家，第一站就去了新田的中学，拜访了现在的罗校长。这个罗校长还是当年新田的班主任呢。青竹拿着国家专利局的证书、北京几家报纸的报道给校长看。校长开心极了。青竹向校长提议，以学校的名义给市电视台每天六点半的《本市新闻联播》节目组打电话、爆料、弘扬此事。校长电话一打，果然奏效，电视台立即派了记者来收集素材，播出时间就是周日，当班主持人正好是琼瑶瑶。

"别慌，还有一条追踪新闻！"青竹在群里说。

新田获专利的新闻一播，同学会热情高涨。菜也上了。大家也忘了新田没有到场的遗憾，酒杯碰起来，笑声响起来。

大约十五分钟后，胖子他哥再次收到青竹的消息，赶紧站起来吆喝："各位，各位，暂停下杯里的美酒和深情，请大家再看大屏幕！"

电视里，琼瑶瑶又出来了："刚刚收到最新的报道，我台刚刚播出的科技新闻，关于我市青年季新田的专利发明的报道播出后，多位企业家致电我们，要求购买此项专利。目前最高价已经出到五百万元。季新田和他的家人同意拿出专利转让价格的30%，捐赠给自己高中母校，作为奖学金。是的，知识即将变成一款看得见摸得着的、造福千万女性的高科技产品。我们期待着。"

神补刀，太棒了！

何止是全场沸腾，全县沸腾！

就在大家欢聚到最酣畅的时候，琼瑶瑶踩着高跟鞋进了会场。班花美女来了，自然少不了一阵闹腾。有人高呼："班长没来，班花讲几句！"

大家起哄中，琼瑶瑶端着酒杯说："新田的一个小戒指发明，居然值五百万……同学们，还是要读书哈！"

不愧是"御姐"，拿得起放得下，关键时刻会调侃！这一席话，彻底把大家逗乐了。当年打架归打架，同学情还是大于一切。除了新田，三十九个同班同学度过了一个开心之夜。

"这是最好的结局。"青竹在心里对自己说，对新田说。

六、父子和解

第二天一早，赶着上班，小志、娜娜、胖子他哥离开了新田老家。青竹则直接去了新田家。

其实，青竹一到县城，第一件事是拜访新田学校找校长，第二件事就是联系新田爸妈。青竹给新田家的固定电话打过去，接电话的人是新田妈妈。新田妈妈得知新田的发明获得了专利非常高兴。青竹特意把专利证书送回来，还帮忙上了市里的新闻，也让新田妈妈格外感动。电视台的新闻播出去后十分钟，就有多个老板要购买这项专利，更是让新田妈妈感到意外。新田妈妈告诉青竹，交易的事全权委托青竹来负责，还说拿出 30% 以新田的名义捐给高中母校。

现在去新田家，就是要接上两位老人，一起去见出价最高的企业家，把专利转让的事给办了。

新田的家很容易找，就在老县政府的家属院里。新田告诉过青竹，他的父亲在县里农技站工作，干了一辈子技术员，田间地头，专门研究水稻防虫；母亲是城郊小学的老师，几十年从未换过岗位。

青竹来到新田家的小院的时候，新田妈妈站在门口迎接了。考虑到企业家早早从市里赶来县城，已经在迎宾馆候着了，青竹没有进屋过多寒暄、闲坐，直接拉上新田妈妈出了门。走到路边要打车的时候，青竹想起怎么没见新田爸爸？

"叔叔呢？叫上他一起吧。"青竹说。

"你叔叔他……他来不了。"新田妈妈回答说。

正要问具体原因，车来了，新田妈妈钻进去了。青竹也就没过问了。

迎宾馆里，专利转让交易非常顺利。老板诚心满满，合同一签，立即安排公司加急打款，不到半小时，五百万元打到了新田妈妈的账户里。新田妈妈立即和新田高中母校取得了联系，按照之前的承诺，把30%的款项打给了学校的账号。

一个上午的时间，事情办妥了。

青竹和新田妈妈再次回到家的时候，青竹才想起早上出门时，新田妈妈为什么说新田爸爸来不了了。

一进客厅，一张挂着的黑白遗像告诉了答案。

遗像镜框两边垂着的黑色绢花都是崭新的。

"新田出事后一周，你叔叔他心脏病复发，还没来得及拉到医院，人就走了。"新田妈妈告诉青竹。

青竹一屁股坐在椅子上。

无数个念头在青竹脑海中蹦跶：

"我这次回来，要替新田解决他和父亲僵化多年的父子关系。现在两个当事人都不在了，这个愿望怎么实现？！这个愿望没法实现！"

"新田毕业五周年的愿望终究成了一个泡影、一个遗憾！"

"午夜飙车、偶遇明星、反击班花，这么难的愿望，都一一实现了，没想到到了这一关，希望的大门彻底地关闭了！"

青竹绝望极了！

新田妈妈发现青竹不对劲，叫了两声"青竹"，青竹才回过神来，赶紧坐过去，跟新田妈妈一起择菜、说着闲话。

新田爸爸人不在了，但青竹还是想去看看。不然就这么离开县城，青竹觉得不甘心。

新田妈妈劝青竹算了："你叔叔的墓葬在乡下，距离县城三十多公里呢，而且是在一片密林里。关键我没法陪你去，我还有课，快到期末考试了，事情太多。"

青竹执意要去。新田妈妈只好给了一个地址，地址上有那片山林的名字、墓地方位，以及乡下老家一位族人的联系方式。

次日一早，青竹和新田妈妈一起出门。新田妈妈去的是学校，青竹则坐上了客车，去往新田爸爸的墓地。

青竹没有麻烦新田老家的族人，她按着新田妈妈提供的地址、方位，走进一片密林。密林里全是古老的松树，地上是齐到人腰的茅草。各种奇怪的蚊虫飞舞，有时候一脚踩下去竟然是一个蚂蚁窝。蚂蚁爬上腿，咬人如刺疼。还有青蛇缠树。但这些都吓不倒青竹。青竹也不知道自己什么时候这么大胆了。她一根木棍开道，沿着既定的方位，大步向前。

终于找到了新田爸爸的墓地。墓碑黝黑，泥土新红，远处还插着没有掉彩的花圈。青竹把随身带的纸钱、香烛放到地上，拿出打火机，一一点燃。

密林里非常凉爽，鸟啼声声，山风习习。青竹喝口水，一身的紧张和疲乏，瞬间消失了。

看着燃烧着的烛火，青竹没有着急走，而是坐了下来。

青竹对着墓碑，对从未见过的新田爸爸说起话来，关于自己，关于新田，关于新田化解父子关系的愿望。

"叔叔，我再跟你谈谈新田吧。新田表面上阳光大气，其实心里敏感要强。他无数次跟我说过你对他的各种严苛要求，从小学到中学到大学到大学毕业。他还说过你是典型的中国式父亲，不苟言笑，很少夸奖自己的孩子。考了九十九分，你会说为什么丢了一分。考了第一名，你会说拉开第二名的分数还可以再多一点。他做梦都想得到你的一次当众称赞，但这确实是做梦。小学、中学、大学，你对他提出的各种要求，他必须答应你。大学毕业后，你对他提出的各种目标，他不再回应你、搭理你。你一生气，他连着三年干脆连过年都不回来了，每次打电话回家，只跟阿姨说话！一开始，我也不理解，新田为什么这样，后来他说，我才知道，他跟你没话可说，你只有要求、要求、要求。他唯一能做的就是在大城市里奋斗、打拼、做出成绩，达到你的要求，然后像小时候一样拿着奖状、自豪地告诉你'爸爸，我做到了'，然后再跟你道歉。新田这么多年过年不回家，不是恨你，他是暗暗较劲、想证明自己。你原谅他吧……"

说完，青竹觉得心里痛快极了。有的话，似乎也是自己对自己的母亲说的。——至于新田要化解和父亲多年僵化的父子关系的愿望没法实现，那就算了吧。青竹不再自责，决定坦然接受一切。

等到蜡烛燃尽，青竹起身，鞠躬离去。

青竹走出密林，搭车返回县城。在新田家附近的菜市场，青竹买了一筐的菜，等候下班晚归的新田妈妈。

两人在厨房里一起忙活，分享自己的厨艺。露天小院里吃完饭，两人说了很久的话。青竹把自己对着新田爸爸墓碑说的那些话也说给新田妈妈听了。

新田妈妈轻轻一叹。她领着青竹来到自己的卧室，拉出写字台的一个抽屉，端给青竹看。

一抽屉的信！

而且是奇怪的信！

这些信都是被邮局退回的信。信封贴着"收信人地址不详"或者"查无此人"。

青竹细看信封，全明白了。这些信都是新田爸爸最近一两年写给新田的信，收信人的地址十分模糊，都是类似"北京市海淀区中关村""北京市海淀区知春里小区"。

新田妈妈说："他爸惹火新田后，新田三年不回家。他爸只是知道新田的公司是在北京中关村，但具体中关村哪条路哪个门牌号，不知道；也只知道新田住的地方是在知春里一带，但具体哪个小区，哪个单元哪个房，不知道。就这样，他爸爸还是一次又一次地写信，希望新田能收到。可是每次都退了回来。"

青竹摸摸信，很厚，打开，果然好几页，都是一笔一画手写而成。青竹读了起来。

新田爸爸所有的信都表达了一个意思："作为爸爸，我深知我的做法不对，不应该给你如此大的压力，爸爸更不应该把自己没实现的理想强加在你身上。爸爸多想当面，哪怕是在电话里跟你说一句'对不起'，但是爸爸做不到。爸爸是个受传统教育的中国父亲，爸爸开不了口。爸爸用书信的方式，郑重向你说一句'对不起'。新田，别生爸爸的气了，也别给自己太大压力了，有时间回来一家人聚聚吧。"

这俩父子！

青竹读完，泪眼蒙眬。

她走出新田妈妈的卧室，回到客厅。青竹不经意地望了墙上新田爸爸的遗像。青竹发现不对劲！墙上一脸严肃的新田爸爸，似乎有了笑容！是舒心的微笑，真正切切的笑容！青竹揉揉眼睛，再看一下，发现遗像又恢复了原状。

青竹走到露天小院，月光皎洁，洒满大地。这是一个宁静而安详的夜晚。想起遗像上新田爸爸的舒心一笑，青竹心里也笑了一下。

看来，这一对一直在向对方默默道歉的父子，已经达成了和解。天堂之上，他们父子二人，正亲密地散着步、说着话呢。

"新田，你的第四个愿望实现了！"青竹在心里呼唤着。

七、生死一瞬

第四个愿望如此"曲折"地实现，大家都为青竹高兴。娜娜让青竹早点返回北京，好好休息一段时间："该放下的还是要放下，重新开始吧。"

小志说："新田知道你帮他做了这么多，一定开心得不得了。"

胖子他哥说："快回来，你就代表新田参加我们毕业五周年的狂欢聚会吧。"

"还有一个愿望没实现：独自，骑行，雪山。"青竹提醒大家，"你们都忘了吗？"

群里一阵沉默。

小志："新田要去的雪山叫白马雪山，滇藏线上最高峰，海拔超过四千米。"

娜娜："无人区、山路，太危险。"

胖子他哥："关键是太仓促，准备的时间太少。"

小志："百度说了，骑行白马雪山最佳、最安全时间是七到十月。

现在才六月。"

娜娜："忘了吗，你去九寨沟都气喘得不行，那里的海拔才多少？三千米！甚至都不到！"

胖子他哥："我也查过了，中国十大死亡公路就在那里！左边是悬崖，右边是愤怒的怒江、澜沧江、雅鲁藏布江。你一个女生，还是别去了。"

娜娜发来一个新闻："青竹，不可拿生命开玩笑。自己看吧。"

新闻标题是：《突降大雨山体滑坡，三骑手白马雪山遇险丧命》。

青竹没有回复大家。是的，最早听小志、胖子他哥讲新田毕业五周年愿望时，并没有觉得"独自骑行雪山"这一项有多了不起。现在明白了，那是对于新田而言。对于青竹，这是一项非一般的挑战。这个"非一般"说得严肃点：事关生死。

半个月前，从二百三十三米的澳门蹦极塔一跃而下，身上挂着各种保险绳，地下还有人保护，那不过是体验濒临死亡。独自骑行雪山，可不是体验濒临死亡，那是直接面临死亡。

青竹退出微信前，给群里留了一句言："大家早点休息吧，我再想想。晚安。"

青竹心情再次坠入无限的失落中。眼看新田的毕业五周年一周之后就要到来，自己终究还是败在了临门一脚上。

青竹不愿让自己低落的心情影响到新田妈妈。新田妈妈一周之内丧子丧夫，真的很佩服她的坚强，一个人有条不紊地把事情逐一处理好，然后上班、下班、吃饭、睡觉，生活恢复正常。青竹在黑暗中找到手机，上网买了第二天返回北京的高铁票。

买到的高铁票是下午三点。高铁站距离新田家坐大巴一个小时的路程。新田妈妈上班了，青竹突然想到一个地方：砚湖。关于家乡，新田讲得最多的地方就是砚湖：砚湖之大、砚湖之美、砚湖之静、砚湖之圣洁。青竹记得很清楚，小时候新田每个春天都会去砚湖春游、野炊，他的第一篇正式发表的文章，就是关于砚湖的记忆。青竹还记得当年汪峰歌曲《春天里》流行的时候，新田经常把它改编成："如果有一天，我将要老去，请把我埋在砚湖里。"

青竹从手机地图上看到，砚湖也不远，不过十七八公里。青竹拦了出租车，半个小时就到了。到了才知道，砚湖是在山上。下车的时候，司机说："现在很少人上砚湖玩了，一个是年轻人都去大城市打工了，剩下老人和孩子；另外一个是现在网络太发达，网上什么好玩的东西都有。这么早，砚湖上可能只有一个人，那就是守湖人。"

沿着光滑的石板路，青竹拾级而上。快要爬到最高处，远远望去，尽头是一个长满苔藓的石头城门，孤零零的。到了石头城门，眼前的景色突然洞开：天哪，一大片碧绿湖水，躺在山里！

砚湖，如砚之湖。

新田说得没错，够大、够美、够静、够圣洁。

四周无人，风清气爽。青竹环湖而行，走得很慢。青竹回头看看自己的足迹，心想："这长长脚印中，一定有一个脚印是跟新田曾经踩过的脚印重叠的。"

有一个高高的木头栈道，伸到湖里，供人赏湖。青竹登上栈道，木板嘎吱作响，想必有一些年没维修了。可见司机说得没错，人来得少了，设施更新也马虎了。

青竹还是走到了栈道尽头，坐了下来。青竹安安静静地看着碧绿而深不可测的湖水，想象新田在这里流连过的童年、少年时光："新田打着红领巾，穿着白衬衫，追天上的小鸟，一定又傻又天真……"

然而，就在青竹一仰头的时候，"轰"的一声巨响仿佛从湖里蹦出，瞬间炸满了整个世界。

栈道塌了！

青竹坐着的木头栈道塌了！

青竹的裙子挂住一截木头，连同栈道一起沉没湖中！

青竹拼命撕扯裙子，瞬间又有一段栈道落入水中，砸在青竹肩上！

青竹看到水中未倒的木桩，极力靠近，却发现自己手臂生疼，根本没力！

继续下沉，青竹蹬到的湖水，冰凉。

……

就在青竹放弃了挣扎之时，头顶湖水涌动。

有人！

是来救青竹的人！

青竹先是感受到自己轻了一些。原来是裙子脱离了该死的木头。

然后青竹感到湖水渐渐不再冰凉。原来是有股力量托着自己往上升腾。

青竹触碰到泥土，呼吸到第一口空气，看到蓝天，还有远处的青山绿树。没死，活着。

"没事了，没事了，都怪我们，没有及时把栈道修好。"一个小伙子站在青竹身后说话。是这个小伙子救了青竹。

青竹转身看他。高高瘦瘦、皮肤黝黑、双唇微启、一口白牙，自然笑着。那眼睛、那额头，尤其是那鼻子，跟新田长得几乎一样！

"我是这里的守湖人，也是守林人，今天第一天上班。"小伙子手里绞着湿漉漉的衣服，"树林里，我远远就看到了你在走湖，没有打扰你。只是没想到你上了栈道。那个栈道定好今天请人来修的。巧得很，我的脚伤正好今天好了，不然，我跑不了那么快来救你。"

青竹静静地看着小伙子，听他说话。

"是很巧哈。"小伙子自觉话说完了，但青竹居然不接话，只好重复了一下，"快回去吧，可以买张彩票。"

青竹还是不说话，她觉得这个小伙子就是新田。"但肯定不是。"青竹心里告诉自己。

"哦，我知道了，你这样湿漉漉的，没法走，等我几分钟！"小伙子跑了，环着湖跑，石板路上有他沾水的脚印。有的脚印，跟青竹走过的地方是一样的。

小伙子跑进树林里，跑进黑暗中。很快，他又出来了，迎着白白阳光，跑向青竹。

"给你，套上吧，足够当裙子。"小伙子拿来的是自己的一件纯白T恤。没等青竹开口，小伙子跑了，丢下两个字："再见。"

青竹找到厕所，换上了小伙子的白T恤。足够大、足够长。腰带一系，就是一裙子。

八、骑行雪山

生死一瞬，宛如一场不真实的梦。

坐在高铁上，青竹反复认定那个救他的小伙子就是新田的化身。

新田在天上保佑青竹。

八点，入夜，抵达北京。站在马路边，看着火车站吐出巨大的人流、左冲右突的汽车、高耸的楼宇、低哑的天空，青竹决定骑行雪山，实现新田毕业五周年的第五个愿望。

"不能轻易就这么放弃！必须实现新田独自骑行雪山的愿望！"青竹

把自己的想法发在了"四人行"群里，"时间来不及了，我决定了，假也请好了，明天出发，就骑新田的死飞车！"

大家知道，青竹早已不是以前的青竹。

不一会儿，群里立即动了起来。

小志："我现在过去你家，取新田的死飞车，到专业车店检修、加装刹车系统、后架。"

娜娜："我负责订机票，北京直飞香格里拉。对了，还有骑行必备品。"

胖子他哥："我负责购买保险。"

就这样，六月二十一日，在新田毕业五周年倒数第六天的早上，青竹安坐首都机场。她把一辆橙银两色的自行车托运好后，有条不紊地吃了个早餐。青竹刻意拒绝了小志、娜娜、胖子他哥的送行。他们忙碌到半夜，青竹希望他们睡个好觉。青竹觉得自己完全可以独自出发、迎接挑战。

是的，是挑战。滇藏线、骑行雪山、海拔超过四千米、高原反应，要应对这其中任何一个关键词，都需要长时间的准备，身体上的、心理上的。

青竹觉得自己心理上完全准备好了。砚湖生死一瞬，那就是最好的心理准备。新田在天上保佑自己，那就是最好的心理准备。

望着窗外起落的飞机，青竹期待自己的出发。

北京飞往香格里拉的飞机，经停重庆，行程接近六个小时，到达香格里拉机场已经是下午六点了。青竹找了一个酒店住下。办手续前，服务员大姐看青竹带着自行车，颇为惊讶："妹妹，你一个人？这个玩笑开不得的啊。"

　　青竹笑笑，算是答过。

　　第二天一早，五点钟，青竹换上骑行装备，退房，准时出发。

　　一堆驴友聚集在门口。看到推车经过的青竹，一个留着山羊胡子的大叔，拦住了青竹："没看到天气预报吗，这三天都有雨！不要命了？"

　　青竹想了想，没说话，径直上了路。

　　青竹心里有自己的打算。如果等三天雨停后再出发，她就很难赶在二十八日回到北京，也没法见证新田他们班的毕业五周年聚会了。这个聚会新田没法参加，她要参加。她要现场告诉新田，聚会有多欢乐，同学们有多想念他。

　　第一天的行程是香格里拉到书松。青竹要用一天的时间来适应骑行。新田玩死飞的时候，带过青竹，但那毕竟是玩乐。现在才是真刀真枪。

　　先是十五公里的上坡。坡度不大，却是连续，一直到海拔三千五百米。三千五百米海拔之后，连续下坡。六月炎热天，在这里却只有一个字：冷。再加上天上下着小雨。干冽的冷，穿过手套，让五指发僵。

　　下坡一共五十公里。山坡陡峭，山路在山梁来回绕，一不小心速度快得要冲进路边悬崖。青竹咬着牙根，耳里听到的是刹车的尖叫和风的呼啸，人车胜似在空中走、云中飘。

　　就在下坡到达尽头的时候，高原反应来了，头痛欲裂、呼吸不畅。相比从澳门二百三十三米的蹦极塔跳下，这才真正是濒临死亡。哦，不，就是死亡！

　　青竹挣扎着、支撑着，最终还是躺在了地上。

　　"不能一直躺着，必须到有人的地方。"青竹用微弱的意念告诉自己，然后蠕动着身体，艰难地侧翻了个身，看到前方的山下有房屋。地图显示那是一个集市，名字叫奔子栏。青竹站不起来，她就用脚顶着车，一点一点地往前方岔路口挪动。就这样，一个小时后，青竹在岔路口见到了一个藏人。青竹哑着喉咙嘶喊着，终于看到有人朝自己跑来。还没等到那人跑到跟前，青竹彻底昏迷过去。

一个藏医及时救了青竹。如不及时，青竹的高原反应将引起肺水肿，直接导致生命危险。

青竹醒过来。人已经渡过了难关。墙上的日历和挂钟告诉她，她昏迷了整整三天三夜。一边吃着午饭，一边听完藏医对自己病情的描述："鉴于你目前的身体和恢复情况，建议第一继续休息两天，第二放弃骑行，改搭汽车，因为前方过了书松就是无人区，难保再出什么危险，如再出危险，那会……非常严重。"

青竹决定继续前行。哪怕慢慢走，也不能待在床上浪费时间。距离新田毕业五周年的时间，只有三天了。

藏医的母亲——一个慈祥的老妈妈，看着如此执着的青竹，专门给她念经，保佑青竹一路平安。

不知道是不是心理作用，在念诵声中，青竹推车而出，觉得一身是劲。只是，天仍下着雨。而且后半程全是上坡。

永远看不到尽头、看不到希望的上坡。

让人想放弃、但又无路可选的上坡。因为掉头回去仍是上坡。

路上两边的防护栏上出现驴友们的留言："没有下不完的坡，也没有上不去的坡""人在哪里？人在天上。路在哪里？路在脚下。"……

打动青竹的是这句留言："用一颗平静的心上路，享受过程，而不是为了做什么而做什么。"

这正是青竹的初心。为逝去的男朋友实现愿望，是为了什么？什么也不为。

青竹调节好呼吸，不再做任何念想，专心上坡。即使速度很慢，也不能停。

一圈一圈地踩，一米一米地走。一路小雨不断，路再艰难，也必须向前。

晚上七点，青竹到达了书松村。骑行者在爬白马雪山的前一天，都在书松落脚。

择一藏族客栈住下。支开木窗，窗外是连绵不断的山脉，山脉和白云相接，相接处是雪又是云。雨居然停了，阳光透过云层落在苍凉大地上，一会儿明亮，一会儿暗淡，都是极美的天象景观。客栈老板娘送来一壶酥油茶。温暖在手，滋润于心。青竹轻声说道："新田，明天可以看到你的白马雪山了，激动吗？"

第二天的行程算是正式翻越白马雪山。

从书松出发，开始进入无人区。讨厌的是，天仍在下雨。

一出门就是连续的三十公里的爬坡，海拔从二千九百米升到三千米升到四千米，紧接着又跌下来——下坡。如此反复折腾，让青竹倍感吃力。和第一天一样，在下坡的时候，感觉高原反应逐渐聚集。

青竹赶紧靠在路边休息喝水。环顾四周，远处是浓雾，浓雾里透着黝黑的山，山上覆盖着叫不出名字的树木，延伸到眼前处，是低洼的草甸。风中、雨中，"全世界只剩我一人"的感觉涌向青竹。这种感觉一点也不美好，更多的是恐惧和不安。

"雨大了起来，必须往前走，走，才能脱离恐惧和不安。"青竹整理驮包，准备继续开路。

就在驮包挂妥，青竹再次打开水壶，准备喝一口水就出发的时候，"唰"的一身巨响，从头顶砸下。

天！山体滑坡！

山石滚动，巨大的推力撞在路边的护栏上！

顾不上水壶，青竹赶紧跑！

青竹跑的前方也有山体滑坡！

青竹逃脱了一处危险，没逃脱第二处危险。一堆泥石蹭到了自行车后轮，巨大的力量让青竹人车即倒。更多的泥石流涌上来，青竹下半身完全被淹埋。

青竹动弹不得。

上半身还灵活着，青竹用驼包挡在头前，躲避不停飞下来的泥石。

泥石流终于停止了。青竹费了很大力坐起来，然后捧开泥石，让自己的下半身轻松一点。半个小时的努力，青竹把自己和车从泥水里拉了出来。

双腿还好，没有骨折。

车还好，没有变形。

只是水壶找不到了。

路上没水不行！可是找了一圈一圈，泥石翻了一堆一堆，就是不见水壶踪影。

青竹累瘫坐地上。

祸不单行！三只大狼狗突然出现在半山上，望着青竹。半人高的大狼狗吐着舌头，摇着尾巴，原地打圈，偶尔还互相耳鬓厮磨，像是在商量一件大事。

青竹爬起来，推上车就跑。

三只大狼狗果然不怀善意。它们冲下山，一跃跳过护栏，直追过来。

一直是上坡。推着车的青竹根本跑不过大狼狗。青竹索性丢下自行车，自己跑了。

大狼狗把驼包三下两下就撕烂了。包里有开过盖的午餐肉。那根本无法满足它们。大狼狗又追了上来，跑着、叫着，完全疯了。

青竹拼出最后的力气奔跑。她就是死在雪山上，也不能死在狼狗的口里。

但这由不得青竹做主。三只大狼狗近乎就在自己的身后，咫尺之遥。上坡快到尽头。青竹马上就要成为这三头饿狼狗的午餐了。

就在这时候，坡下迎面冲上一辆越野车。越野车一个急停，横在路中间，横在大狼狗前面。一个男声从耳后传出来："上车！"

青竹拉开副驾驶门，跳了上去。越野车一个反方向，冲着大狼狗开去。大狼狗四处逃散，瞬时不见踪影。

青竹一看，救自己的人居然是007！

对，开法拉利跑车的富二代007！

"怎么是你？你怎么在这里？"青竹瞪大了眼睛。

"把你的车和驼包找回了再说。"007笑笑，然后沿路把丢弃的车、驼包找到，擦干净，交给青竹。

"要不直接坐我的车上雪山？"007迟疑了一会儿，问。

"不。眼看就要见到雪山了，不想半途而废。"青竹肯定地说。

"早就猜到答案了，所以才没有把你的东西搬进车。"007说，"前天早上，在书松藏族客栈，我就发现了你，想要叫你，发现你已经骑行而去了。我知道你是来实现男友愿望，但没想到你这么大胆，下雨也敢骑行。当天下午，我担心你路上会遇到危险，开车上了路，但一路上没见到你。"

"我半路高原反应了，在奔子栏昏迷了三天三夜。"青竹说。

"难怪！"007说，"雨连着下了这么多天，我预感路上会有山体滑坡，于是又从白马雪山垭口折返回来，果然在这里碰到了你和大狼狗。"

"这么说你是专程来帮助我的。"

"算是吧。"

"为什么呢?"

"因为你让我佩服。"007给了青竹一个赞,"再见,加油。"

"等下!"青竹叫道,"你最近怎么样?"

"父亲在母亲的照顾下,病情缓了过来,人也有知觉了,一天比一天好。家里的企业卖了,债务全部还清。这次滇藏之行一结束,我就要启动我的创业计划。"007说完,转身钻进了越野车。

"等下!"青竹追上去,拉开后车门,要了两瓶矿泉水。

"等下!"007给青竹丢来一个军壶。

里面是酥油茶,热的。

"谢谢啦。"青竹还没说完,007已经启动车了。

车没开出十米,又停下来,从车里丢出来一句:"也要谢谢你,让我相信这个世界有真爱,我要找到我的真爱!"

继续走,走向头顶的白马雪山。雨小了些,雾也散了很多。绵长的白马雪山开始微露尊容。远方可以见到雪顶了。

"为了白马雪山,就是再来一次山体滑坡、再来三只大狼狗,老娘也要拼死一搏!"青竹心里念叨着,给自己打气。她为自己居然说出"老娘"这样的话感到好笑。

骑上一个漫长的高坡,青竹准备休息下。就在她拧开军壶的一瞬间,听到呼啦啦的巨响。往右边一望,哦,经幡在飘动!

经幡意味着有人停留、祈祷,意味着白马雪山垭口就在前方。站在垭口上,这才算真正到了白马雪山!

青竹静静看着五颜六色的经幡。它们呼呼作响,似乎在张开怀抱欢迎青竹。

青竹脑海一片空白，推着车慢慢地靠近经幡，然后看到不远处竖着一块海拔标记石：4292。海拔标记石旁边是观景台。

青竹捡了块石头，加在玛尼堆上，解开一些打结的经幡。雨不但停了，居然阳光明媚，天上还挂出了彩虹！

是彩虹！一条巨大的彩虹，似乎就在眼前，手一抓都可以抓到五彩缤纷。

青竹站在观景台上，前方的雪山横陈，形如一匹奔跑向前的骏马，那么自由、洒脱、坚定和自信。雪山部分则像骏马飞扬起来的鬃毛，白银似的，晶莹透亮。

这就是白马雪山，这就是新田一直想来看看的白马雪山。

"我来了！白马雪山！"青竹在心里呼唤着呼唤着，一遍一遍，最后忍不住，喊出声来，"新田，你的白马雪山，看到了吗？新田，你毕业五周年的五个愿望：午夜飙车、偶遇明星、反击班花、化解父子关系、骑行雪山，全部实现了！"

喊完，青竹抱着一堆玛尼石，泪流满面。

目睹完白马雪山，青竹赶在天黑之前下了山，夜宿飞来寺。在这里，又见到了007。他在这里守候"日照金顶"。

青竹把军壶还给007。007请青竹吃珍贵的牛排。二人坐在高高露台上，一低头是古松森列、小溪曲折，一抬头是梅里雪山，卧如睡狮。传说中的梅里十三峰就隐藏在日暮之中，007要守候的"日照金顶"奇观就在这里。

"这鬼天气！我守了两天了，都没有看到金顶。"007说，"但是我要像你一样，坚持下去。"

"会看到金顶的。"青竹说，"明天早上，我陪你。要看到了金顶，你开车送我到林芝机场。"

"要是看不到呢？"

"那我自己联系车去林芝机场，哈哈哈。"

007 努嘴、摊手。

但 007 还是输了。第二天早上六点二十分，青竹和 007 站定在观景台上。朝阳像一位第一次赴约相亲的姑娘，一步一试探，终于光临了梅里十三峰。一个多小时后，天际暖阳笼罩在雪峰之上，万道金光，夺目耀眼，天地相通。

看完金顶，007 开开心心地把青竹请上车，沿路经盐井、芒康、怒江七十二拐、死亡公路，最后抵达林芝机场。两人告别后，青竹先从林芝飞成都，到了成都再买票，飞回北京。

到北京已经是二十八日凌晨两点了。

打开久违的小房子，闻到一阵清香。哦，阳台养的蔷薇开花了。打开灯，天哪，那么一大丛，粉粉的挂弯枝头。地上的小金鱼突然醒了，游得正精神。青竹赶紧捏了一点鱼食撒进去。

青竹把门口的自行车推到阳台上。青竹摸摸车把。车把似乎总是带着温热，握在手里，像是握着新田的手，大大的、厚厚的。

青竹回到卧室，窗台上新田的照片，被窗帘白纱挡着了。白纱随着夜风摇曳。新田的阳光笑容忽明忽暗，更为生动。

青竹没有去动相框，心里想着："这样就挺好。"

"晚安了，新田。"青竹轻声说。然后又给自己加了一句："青竹，你也晚安哦。"

青竹安安稳稳睡到午后才醒，真的连一个翻身都没有。

这感觉多么美好。

"平安归来。"青竹给"四人行"群里留言，发了一张自己在白马雪山垭口上的自拍照。

小志："太漂亮了。'白马'是藏语'莲花'的意思，白马雪山寓意既圣洁又吉祥。"

娜娜："你忘了用美颜相机！"

胖子他哥："天不一定会下雨，但雨伞却是我们常备的物品；风险不一定会发生，但保险也不能不买。平安回来，真好。"

"今晚毕业五周年聚会的具体时间？"青竹问。

"五点开始！我来接你。"娜娜说。

青竹一骨碌爬起来。洗头、化妆、挑选衣服。要搁在以前，除了洗头，后两者是跟青竹没有多大关系的。青竹很少化妆，对服饰能从简就从简，球鞋、布裙、T恤，再加上素颜，这是她的不二法则。

不知道为什么，这一次青竹想改变自己。必须化妆，不能照旧球鞋、布裙、T恤、素颜。

青竹搬凳子坐在镜子前，拿出前段时间娜娜送的、却从未撕开过包装的粉底、眉笔、腮红、口红……青竹在镜子里笨拙地给自己施以淡妆，一会儿涂重了，一会儿抹多了，于是又重新来过。

青竹还把挂在衣柜最里头的一条一字领长裙拿了出来。这条裙子是有一次她和新田逛商场买的，当时这个品牌正在做店庆活动，打折得厉害，新田执意买下，原因是：有备无患。对了，唯一的一双高跟鞋，也是那天同时买的。果然，这次用上了。第一次穿，没想到不仅合身，还特别搭。

镜子中看到一个不一样的青竹。青竹忍不住伸出手，点了一下镜子中自己的鼻子："这才像个女人！"

新田班里毕业五周年聚会果然盛大。他们班真是人才辈出，光在国外创业有成的就好几个，有的将要在美国上市。即便更多的留在国内发展的，也都是一步一个脚印、越做越好。

青竹默默地举着手机，记录下这些同窗相聚在一起的时刻。他们和新田、小志、胖子他哥一样，真挚、单纯、珍视友情。几乎每个同学在发言中都提到新田，提到新田为班里、为他们做的感人事，也提到他们相处发生的趣事和糗事。

全班为新田送歌、敬酒。

青竹默默听着。她想，新田一定也能听得见。

"来，借花献佛，我们四人喝一个，祝贺我们一帮屌丝备受现实摧残五年了！"聚会尾声，娜娜吆喝大家。

小志嚷道："什么四人？五人！还有新田呢！"

小志两手各有一个酒杯。

"且慢！"胖子他哥招呼大家坐下，"刚刚得到的两个消息：第一，大歌星曲冰冰推新歌了，名字叫《继续上路》，咱们新田和青竹的努力有了结果。来，干了！"

"等等，第二个消息呢？"小志和娜娜问。

"第二个消息嘛……"胖子他哥清了下嗓子，"是关于我的。"

"别卖关子。"青竹敲敲桌子。

"第二个消息……"胖子他哥放高声量："007、曲冰冰所有的保险事务，都全权委托我了！加上以前的业绩，我连升三级，现在负责全公司'互联网＋保险'业务的开发和探索。"

"太好了，干杯。"四人环拥在一起，说着过去，说着未来，说着新田，说着青竹，说着刚刚过去的二十天，说着刚刚实现的五个愿望。

一幕一幕，都在眼前。

"往事不可追，一切都过去了，咱们继续加油。"青竹对大家说，也对自己说。

"加油。"小志说，

"加油。"娜娜说。

"加油。"胖子他哥说。

青竹轻轻碰了一下新田的杯子："你也要加油哦，新田同学。"

九、时光邮局

要再说青竹的故事，已是五年之后。

这是六月一个平凡的周末，清晨。青竹和母亲在厨房里烤好面包，煎好鸡蛋，冲好牛奶，全部端上桌。碟碟碗碗、杯杯盏盏。它们和正在晾着的生滚米粥、粗粮小菜摆在一起，中西混搭，煞是好看。

从阳台望出去，可以看到一汪清水。小区游泳池里，先生正在教刚满三岁的宝贝女儿游泳。屁大的孩子哪会游泳哟，分明是扑腾戏水。先生抬头望望自己最顶楼的家，青竹赶紧挥手，先生也挥手，宝贝看到了妈妈，也跟着挥手。

手机响了，原来是邮件提示。青竹划开手机，看了个邮件标题：《市场部下半年工作计划，呈青竹总监批阅》。青竹没有点开邮件，放下手机，迅速回到了阳台。

小不点居然骑在先生背上玩耍，有点像山水画里牛背上的小牧童。远远地，都能隐隐听到父女俩的嬉戏声："驾驾驾……吁……"

是的，五年后，三十三岁的青竹已经有了家，有了孩子。房子在四环路上，顶楼复式，小区环境特别好。青竹不但跳了槽，还改了行，现在已经是一家上市公司的市场总监，一个顶顶重要的岗位。

"叮!"门铃在响。

"来了。"拉开门,不是先生和女儿,是快递员。

"给你重新投递的快递。"快递员说。

青竹想起来了,几天前接到快递公司电话说自己有一个快递,但收件地址居然是以前租住在五环边上的小房子。青竹把自己的新地址告诉快递公司后,心中一阵疑惑:"奇怪,都搬走这么多年了,居然还有人往那里发快递?"

现在这个快递送过来了。

一个普通的快递,瘪瘪的,里面应该是信函、文件什么的。

寄件人信息很模糊,能辨别清晰的只有"厦门"二字。

厦门寄来的?

谁从厦门寄来的?

青竹拆开了信封,一张照片掉落到地上。

新田?

是新田和自己的合影。

哦,想起来了,厦门鼓浪屿。

想起来了,时光邮局。

五年前的五一长假,新田去世前,新田和青竹去鼓浪屿旅行。在小岛的时光邮局里,新田说:"我们互相给对方写封信吧,这封信五年后才从这里寄出。"青竹说:"好。"青竹给新田写得很简单,都是小女孩的心愿:"平安、健康、在一起。"不到一分钟就装进了信封。新田呢,特别认真,一个人躲在一个角落里写写写,中间青竹要去偷看都被他赶走。大约半小时后,新田小心翼翼地折着信纸,折出一只纸鹤来。新田举着纸鹤朝青竹挥挥,青竹跑过去要看,却被新田及时装进了信封,用糨糊糊得死死的。

五年前，新田写了什么？

青竹拿着信纸，去到阳台，慢慢展开纸鹤：

小竹子：

在时光邮局这么一个浪漫的地方，给你写一封特别不浪漫的信，请你原谅。你我相识四年，像是上帝丢下的两粒种子，命中注定要遇见、相爱。我爱你。

但是，作为种子，哪怕是上帝的种子，我们终将需要面对风雨雷电，面对残酷的社会竞争。你是一粒善良的种子，但也是一粒弱小的种子。你心细，但胆小、怯弱；你有才华，但不善于表达、沟通；你友善，但缺乏安全感。我希望你能强大起来。

如何强大？希望你五年内能做以下五件事：

第一，午夜飙车，体验速度与激情；

第二，跟一个与你遥不可及的明星去交流，克服自卑，征服他人，征服自己；

第三，把当年羞辱你的那个高中男生找出来，证明他错了，人不能轻易服输；

第四，结束你对母亲多年来的怨恨，与最爱的人和解；

第五，独自远行，挑战自己。

这是你必须完成的成长清单，完成一个勾掉一个，从此人生从容、自信。

爱你的新田，小吻

青竹轻轻把信放下，泪水挂在脸庞。

青竹从书房里取出一本书，摆在信纸旁边。这本书是青竹写的《独行滇藏，找到幸福》。书里记载了去年青竹再次独自骑行的经历和感悟，北京、香格里拉、书松、白马雪山、飞来寺、盐井、芒康布达拉宫……。

"看见了吗?"青竹喃喃轻语，"我很强大，我很幸福，谢谢你，新田。希望你也一直强大，永远幸福。"

图书在版编目（CIP）数据

回乡之旅／钟二毛著．-- 北京：作家出版社，2019.8

（中国少数民族文学之星丛书·2019年卷）

ISBN 978-7-5212-0586-2

Ⅰ．①回⋯ Ⅱ．①钟⋯ Ⅲ．①中篇小说－小说集－中国－当代 ②短篇小说－小说集－中国－当代 Ⅳ．①I247.7

中国版本图书馆CIP数据核字（2019）第104167号

回乡之旅

作　　者：钟二毛
责任编辑：史佳丽　李亚梓
特约编辑：陈　涛　杨玉梅　郑　函
装帧设计：孙惟静
出版发行：作家出版社有限公司
社　　址：北京农展馆南里10号　　邮　　编：100125
电话传真：86-10-65067186（发行中心及邮购部）
　　　　　86-10-65004079（总编室）
E-mail:zuojia@zuojia.net.cn
http://www.zuojiachubanshe.com
印　　刷：北京玺诚印务有限公司
成品尺寸：152×230
字　　数：164千
印　　张：13.5
版　　次：2019年8月第1版
印　　次：2019年8月第1次印刷
ISBN 978-7-5212-0586-2
定　　价：36.00元